徳間文庫

雨と詩人と落花と

葉室麟

徳間書店

雨と詩人と落花と

一

天保三年（一八三二）十二月――

九州の豊後、日田は盆地だけに冷え込んでいた。朝、起きて軒先を見ると氷柱が下りていた。

広瀬旭荘は縁側に立って朝日に輝いている氷柱をぼんやりと眺めた。総髪で袷の着流し姿である。

（この氷柱のように冷ややかでありたい）

旭荘はそんなことを考えていた。

背はさほど高くないががっしりとした体つきで、顔は丸みをおびながらも眉が太く、目が大きい。あごがはって男らしい顔立ちだが、眉根に翳りがあって、どこか憂鬱げでもある。今年、二十五歳になる。名は謙、字は吉甫、通称は謙吉、旭荘は号である。

日田の広瀬家は天領の日田金をあつかう、大名貸しまで行う富商として知られている。それとともに旭荘の二十五歳年長の兄、淡窓が私塾の咸宜園を開き、諸国から門人を集め、学者であり、詩人として名を馳せていた。

淡窓は福岡の亀井南冥、昭陽という親子の学者を師として学んだ。南冥は物学、すなわち荻生徂徠の学派だったため、幕府による〈異学の禁〉が行われると冷遇されて、蟄居した。このため、昭陽は朱子学に転じ、旭荘も昭陽に朱子学を学んだ。

淡窓は、〈異学の禁〉について感じるところがあったのか、自らの学問について「夜雨寮筆記」において、

——学問は己の身のため、古人に奉公のためにはしない

としていた。古(いにしえ)の学者の説を自らのものにしようと汲々(きゅうきゅう)とするより、自らの考えを深めようというのだろう。旭荘も学問に励(はげ)み、詩作に精進(しょうじん)して、その才は時に淡窓をもしのぐのではないか、と言われていた。

二年前の天保元年、旭荘は子供のいない淡窓の養子となり、咸宜園を引き継ぎ、二代目の塾主となっていた。

今日はそんな旭荘の新妻が来る婚礼の日だった。

旭荘がいまいるのは豆田町(まめだまち)の広瀬家本家だ。本家は淡窓の弟、久兵衛(きゅうべえ)が継いでおり、親戚が集まる慶事と法事は本家で行うのが習わしになっていた。

それなのに、旭荘の表情が明るくないのは、咸宜園の塾主となった年に一度、妻を迎えたからだ。筑後(ちくご)の浅田村(あさだむら)の足立(あだち)あさという女人だった。あさはわずか一年五カ月、ともに暮らしただけで家から去った。だが、咸宜園塾主が独身でいるわけにはいかない、と淡窓の勧(すす)めでまた妻を迎えることになったのだ。

(また去られるのではないか)

そんな懸念(けねん)に旭荘はおびえていた。

あさに落ち度があって離縁したわけではなく、自らが責めを負わねばならないことだ、と旭荘にはよくわかっていた。

旭荘には激情があった。

些細(ささい)なことでかっとなり、われを忘れてひとを糾問(きゅうもん)し、特にあさには憤(いきどお)りをとめどなくぶつけ、打擲(ちょうちゃく)することも珍しくなかった。

憤りが去り、興奮が冷めると後悔が襲ってきたが、蹲(つくば)ったあさにもはや言葉をかけることもできなかった。

却(かえ)って、いつまでもうちひしがれているあさに苛立(いらだ)ちを覚え、またしても荒い言葉を投げつけた。その都度、あさがおびえるのを見て、後悔のほぞを噛(か)んだが、何も言えず、書斎に籠(こも)って書物を開いた。

養父となった淡窓が温和な君子人であるだけに、旭荘の矯激(きょうげき)さは目立たざるを得ない。

書を読み、詩想を練(ね)っているときの旭荘は穏やかで仮にも声を高くすることはない。

しかし、何かのおりに胸の裡(うち)に炎が吹き荒れ、頭の中が真っ白になると、目の前に頬(ほお)を打たれたあさが泣き伏しているのだ。旭荘は家を出てまわりを歩き回って気持が治まるのを待つのが常だった。

儒学は聖人に学ぶものであり、君子人たらんと心がけるものである。それなのに、自らは温厚、中庸（ちゅうよう）な君子からは最も遠い、と旭荘は思わずにはいられない。

旭荘は頑健（がんけん）に見えるが、幼いころはひ弱だった。十九、二十歳のころはしばしば吐血した。しかも近眼で書物はなめるようにして見るのが癖だった。

虚弱であったことが胸のうちにいつの間にか憤懣（ふんまん）となって溜まっていたのだろうかとも思う。

物思いにふけっていた旭荘は手をのばして、氷柱を折った。手の中に氷柱を握りしめると痺（しび）れるほどに冷たい。

しかし、その冷たさがしだいに熱く感じられてくるのは、どういうわけなのだろう。

旭荘は手にしていた氷柱を庭に投げ捨てた。そのとき、

「何をしている」

と穏やかな声がした。

振り向くと淡窓が立っていた。いつも通り、春風を思わせる温顔である。

「氷柱ができておりました」

旭荘は顔をそむけて言った。

「そうか、今朝は冷え込んだからな」

淡窓は中庭に目を遣(や)った。苔(こけ)むした庭石と石灯籠(いしどうろう)にも薄く雪が積もっている。

さりげなく庭を眺めている淡窓を見て、旭荘は、

――休道詩
を思い出した。他郷からはるばる日田まで来て咸宜園で学ぶ塾生のために与えた淡窓の詩だ。

道(い)うことを休(や)めよ他郷苦辛(くしん)多しと
同袍(どうほう)友有り
自ずから相親しむ
柴扉(さいひ)暁(あかつき)に出(い)ずれば
霜雪の如(ごと)し
君は川流(せんりゅう)を汲め

　我は薪(たきぎ)を拾わん

遠く故郷を離れて他郷で勉学すれば辛いことも多いだろうが、それを口にするのはやめよう。綿入れを貸しあう友がいて、励まし合っているではないか。早暁に起きて、柴の扉を開いて外に出ればあたりには霜が雪のように降りている。さあ、君は川で水を汲んでくれ、私は薪を拾ってこよう、と咸宜園で学問に励む暮らしの美しさを詩にしている。

旭荘は思わずつぶやいた。

「道うことを休めよ、他郷苦辛多しと――」

胸中にある辛苦の思いが口に出た。

淡窓はちらりと旭荘を見て、

「昼過ぎには親戚が集まる。それまでに着替えておきなさい」

と告げた。旭荘は、去ろうとする淡窓に向かって、

「よいのでしょうか。わたしは去年、妻を去らせたばかりです。一年もたたぬのに、また妻を迎えるなど無節操ではありませぬか」

と訊いた。淡窓はゆっくりと振り向いて、微笑みながら答える。

「そのことは何度も話した。そなたは咸宜園の塾主だ。塾主たるものが、妻に去られ独り身でいては世間でどのような噂を立てられるかわからぬと塩谷郡代様が仰せなのだから、やむを得まい」

塩谷郡代の名を聞いて旭荘は不快な思いを抑えきれなかった。

「何事も郡代様の思し召しに従わねばなりませぬか」

旭荘は思わずうめくように言った。

天領である日田には西国郡代役所、日田代官所がおかれ、西国筋郡代の塩谷大四郎が差配している。西国筋郡代の支配地はおよそ十六万石である。

塩谷は文政二年（一八一九）、官に仕えることを望まぬ淡窓を強引に日田代官所の用人格に任じ、咸宜園の盛名を自らの実績に加えようとしていた。

淡窓は塩谷の横暴に静かに耐えていたが、旭荘は剛毅な性格だけに、不満をあらわにするところがあり、塩谷の機嫌を損じていた。

だからこそ、淡窓は旭荘の再婚を望む塩谷に従って知る辺を頼り、筑後国吉木の神職である合原の娘、松子を娶せることにしたのだ。

なおも不服の色を見せる旭荘をなだめるように、

「同袍友有り、自ずから相親しむ、柴扉暁に出れば、霜雪の如し、君は川流を汲め、我は薪を拾わん――」

と休道詩の後半をつぶやいた。

これから辛(つら)い思いをするのは、故郷から離れて嫁(か)した松子なのだから、心を打ち解け、ともに苦労を分かたねばならぬ、との意を込めたのだろう。

旭荘はかすかに首を横に振った。

「わたしには無理だと思います。仁徳(じんとく)が足らぬのでしょう」

「では、そのようなそなたに嫁す松子殿を気の毒と思う惻隠(そくいん)の情はないのか」

淡窓に訊かれて、旭荘は少し考えてから、

「それはございます」

と答えた。淡窓はうなずく。

「それでよい。惻隠の情は仁の端(たん)だという。惻隠の思いはやがて仁にいたるのだ。そなたは松子殿と夫婦となることで仁徳にいたれるやもしれぬ」

淡窓はそれだけ言うと背を向けて奥へと向かっていった。

旭荘はため息をついた。

祝言は親戚だけでひっそりと行われた。いずれも黒紋付姿の親戚たちは言葉少なにひそひそと話したが、花嫁の座に座る白無垢姿の松子に声をかける者はいなかった。松子はこの年、十七である。色白で目がすずしく、ととのった顔立ちで紅をさした口元が可憐だった。

実家がある筑後の吉木から日田までは十里余りでさほど遠いわけではないが、他国に出たことがない松子にとっては雲烟万里の地に来たような心細さがあった。

広瀬家は日田の豪商で掛屋を務めているという。

日田商人は、日田代官所の御用達をしており、中でも有力な商人は掛屋になる。掛屋は、代官所に入る年貢米を取り扱い、その代金を保管する。このため財政難にあえぐ九州諸藩は日田商人から金を借りた。天領の公金であるため貸し倒れがなく、日田の掛屋は莫大な富を蓄積した。

いまの広瀬家の当主、久兵衛は長兄の淡窓が儒学の道へ進んだため、若くして家業を継いだ。郡代塩谷大四郎は久兵衛が有能であることに目をつけ、文化十四年（一八一七）に小ヶ瀬井路、日田川通船工事の宰領を命じた。

このとき、久兵衛は、二十八歳という若さだったが、塩谷郡代の期待に応えて工事を完成させた。さらに豊前海岸の干拓に当たり、千数百町歩に及ぶ新田を開墾するなどの業績をあげている。

加えて、松子にとってこれから義父となる淡窓は諸国に聞こえた学者なのだ。広瀬家に嫁するということは、松子を緊張させ、

（わたしで務まるのだろうか）

という思いがいまも胸の中を駆け巡っていた。

気になるのは、旭荘が再婚で、前妻が広瀬家を出たのは一年ほど前ということだった。

前妻が去ったわけを松子は何も聞かされていない。ただ、旭荘が妻に厳しいひとなのだろう、とは思っていた。

黒紋付に羽織袴姿の旭荘は三々九度の杯をかわしたとき、ちらりと松子を見た。

松子は恥ずかしく、見返すことができなかったが、旭荘の視線を温かくやさしいものに感じとっていた。

祝宴が終わると、松子は寝所に退き、白い寝間着に着替えて旭荘を待った。

すでに夜である。

夫婦固めの杯が用意された膳が枕元に置かれており、夫となる旭荘から妻の心得などの話があった後、あらためて杯をかわすことになる。

松子は息が詰まる思いで待っていたが、旭荘はなかなか寝所に来なかった。親戚と酒を酌みかわし、話し込んで遅くなっているのだろう、と思った。

もっとも、蒲柳の質の淡窓はあまり酒を飲まず、早々に退出したから、旭荘は誰と話しているのだろう。

松子が待ち続けるうち、深更になって、ようやく旭荘は姿を見せた。寝間着には着替えておらず、祝言のときと同じ羽織袴姿である。

松子は自分だけが寝間着でいることに羞恥を覚えて、

「お着替えになりますか」

と声をかけた。同時に旭荘の寝間着がどこに用意されているのかを知らないことに気づいて当惑した。

「いや、いいのだ」

旭荘は静かに言って座った。いままで、酒を飲んでいた様子はない。

松子が手をつかえて、

「ふつつか者でございますが」

とあいさつしようとすると、旭荘は手をあげて制した。

「いや、ふつつかなのはわたしの方なのだ」

旭荘は懐（ふところ）から一通の書状を取り出して松子の膝前（ひざまえ）に置いた。行燈（あんどん）の明かりが白い書状を照らした。

何であろう、と訝（いぶか）しく思いながら、松子が見詰めていると、旭荘は、素っ気ない声で、

「読みなさい」

とうながした。恐る恐る手にした松子は書状を読んで目を瞠（みは）った。

書状は旭荘の誓約書とでもいうべきものだった。

淡窓の訓戒（くんかい）として、

――みだりに妻を責めない

と書かれ、もし違うようなことがあれば、遠慮なくこの誓約書を親兄弟に示すようにと記されていた。旭荘はゆっくりと口を開いて、わたしは、

——暴急軽躁

であると言った。漢語で言われても松子にはすぐに呑み込めなかった。だが、どうやら感情の起伏が激しく、憤りを抑えられないということのようだった。

旭荘は悲しげな口調で、

「努めて暴言は慎み、手を上げたりはしないつもりだ。しかし、わたしは生まれついた性を抑えられぬところがある。そのときには、この書状をまわりの者に見せてわが家から去ってくれ」

と言った。その言葉を聞いて、松子は、旭荘はやさしいひとだ、と思った。

だが、同時に自分は旭荘が背負っている苦しみをどれだけ楽にすることができるのだろうかと心もとなく思った。

(わたしに何ができるのだろう)

松子はいつの間にか旭荘に寄り添うように思いをめぐらしていた。しばらくして旭荘が行燈の明かりを消した。

濃い闇がふたりを包んだ。

二

「なぜ、かようなことがわからぬのだ」

旭荘が初めて松子に声を荒（あら）らげたのは、祝言を上げて十日後のことだった。ふたりは豆田町の広瀬家の持ち家で暮らしていた。書斎で書き物をしていた旭荘が突然、松子を呼んで声を高くしたのだ。

「申し訳ございません」

松子は畳（たたみ）に手をつかえ、頭を下げたが、なぜ叱（しか）られているのかはわからなかった。

すると、旭荘がいきなり、松子の髷（まげ）に手をかけ、

「なぜわからぬ」

と怒鳴（どな）りながら引き倒した。松子は頭の中が真っ白になり、旭荘に倒され、なおも頭を押さえつけられて何も言えなかった。

恐怖で震えていた。

「これは、わたしにとって大切なものなのだ」

旭荘は押さえつけた松子の目の前に一枚の紙を差し出した。

「そなたは、これを反古紙の中に入れていたのだぞ」

旭荘は低い声で言った。

もうしわけございません、と松子は繰り返した。

だが、旭荘が何のことを言っているのかはわからない。旭荘の手の力がゆるんだのを感じて、少しずつ体を離した。髪がばらりと目の前にたれさがった。髷が崩れて振り乱したようになっているのだ。

こんなところにひとが来たらどうしようと思った。そっと起き上がると櫛を抜いて髷をととのえようとした。

旭荘が手にした紙を見詰めている間に書斎から出ていこうと思った。だが、体を起こそうとしたとき、

「そなたではないのか」

旭荘の訝しむ声がした。松子は迷わず、

「はい、わたしは書斎のものには手をつけておりません」

と言った。

「嘘を言うな」

旭荘が目を鋭くしてにじり寄ってきた。手がぶるぶると震えている。松子は座ったまま後退(あとずさ)りしながら、

「違うものは、違います」

とはっきり言った。このままでは旭荘が手を上げそうだ、と思った。手を上げさせてはならない。

叩かれることは何ともなかった。我慢すればすむことだ。しかし、このひとは手を上げた後で苦しむに違いない、と思った。

だから、手を上げさせてはならない。

松子は後退るのをやめて、顔を前に突き出した。

「なぐりたければ、なぐってください。でも違います。わたしは何もしてはおりません」

婚礼の翌日、旭荘は書斎の掃除は自分でするから、書斎のものにはふれないように、と松子に言い渡した。

松子はそれを守ってきた。だから、書斎の紙がどうなっていても、松子のしたことではなかった。

松子が真剣な眼差しを向けて言うと、旭荘は唇を舌で湿した。

「そなたではないと、では誰がこれを反古紙入れに投じたのだ」

旭荘に言われて、松子は懸命に考えた。旭荘は詩などの書き損じを文机の下の紙袋にまとめて入れている。

松子は襟をなおしながら、

「ご自分で間違えられたのです」

ときっぱり言った。

「自分でだと」

旭荘ははっとした。松子はうなずいた。

「旦那様はお目が悪いのではございませんか」

松子は旭荘が書斎で書物を読むとき、紙面に顔をこすりつけるようにして読んでいるのを見かけた。

淡窓の日記、「遠思楼日記」の文政六年（一八二三）六月一日の記事に、

――是ノ日、謙吉（旭荘）筑前ニ之ク。眼疾ヲ以テナリ

と旭荘が眼病を患い、福岡の医者に治療を受けていたことが記されている。淡窓自身、若いときから眼病に悩まされて、このため思うような読書ができなかったという。旭荘も同じように目が悪かったが、病に負けまいといっそう読書に勤しんだ。師の昭陽から、

――活辞典

すなわち生きた辞書と呼ばれたほどの博識を身につけたのだ。

しかし、そのためなのか、一層、目が悪くなり、時に目の前が霞んで一字も読めなくなり、そのことで苛立ち、激昂することがしばしばだった。

「そうか――」

旭荘は手元の紙をじっと見つめた。しばらくして、

「そうであったかもしれぬ。すまないことをした。許してくれ」

とうなだれた。

松子は髷をととのえ、身づくろいしてから、旭荘のそばに寄った。

「旦那様がそれほど、大切に思われているのは何なのでしょうか」

努めて明るい声を出して訊いた。

旭荘の凝（こ）り固まった心をほぐしたいと思ったのだ。旭荘はほっとしたように、

「これはわたしが、御子を亡くされた昭陽先生に贈った詩の草稿だ。あのとき、わたしはまだ昭陽先生に入門したばかりで十七歳だった。わたしの詩を先生は喜んでくださった。それで、いままでも大切にしている」

と言った。

昭陽は文政五年（一八二二）七月十三日に三男の脩三郎（しゅうざぶろう）を六歳で亡くしていた。

昭陽は幼くして利発だった脩三郎を長男や次男よりも愛した気配がある。

脩三郎が亡くなると昭陽は脩三郎の思い出を漢文で記した回想録である、

――傷逝録（しょうせいろく）

を書いた。これを入門したばかりの旭荘に見せたところ、たちどころに、

白玉楼（はくぎょくろう）成りて記未（いま）だ成らず

雲軿(うんぺい)遠く揚鳥(ようちょう)を載(の)せて行く

と始まる古体詩を作ったのだという。白玉楼成りてとは、唐の時代、鬼才と言われた詩人、李賀(りが)が死の床にあったとき、天帝の使いが来て、李賀を召して記を作らせるため白玉楼が作られたと告げたという故事を踏まえている。さらに天女の乗る牛車(ぎっしゃ)である雲軿が孝行な鳥、揚鳥であった脩三郎を迎えにくる、として死を華麗(かれい)に装飾した。

この詩は二十四句からなる長詩で愛息を亡くした昭陽の悲しみを癒(いや)すべく、言葉が奔流のようにあふれていた。

その中で九句と十句は次のように詩(うた)っている。

牀頭(しょうとう)に香動きて瓶花(へいか)開き
月花(げっか)影を粧(よそお)ふて児来たるに似たり

脩三郎を失って眠れずにいる昭陽の寝床のあたりの花瓶の花が早暁になって開き、まだ空に残っている月が花を照らすとあたかも脩三郎が戻ってきたかのようだ、という意である。

昭陽の「傷逝録」には、亡き脩三郎が朝顔の花を愛したことが繰り返し述べられている。昭陽は、旭荘が「傷逝録」の記述を覚えていたのではなく、無意識のうちにこの詩句を書いたのだろう、と評して、

——奇想天ヨリ落チ来タル

と絶賛した。

いずれにしても、まだ十七歳の旭荘は師の昭陽が驚愕して褒めたたえるほどの詩を書いたのだ。昭陽が褒めたことで一躍、旭荘の詩人としての名は広まった。

淡窓もこのことを認めて日記に、

——コレヨリシテ、謙吉初メテ才子ノ名ヲ世上ニ得タリ

と書いている。

わずか一編の詩だが、旭荘の存在を広く世間に知らせることになったのだ。

旭荘の話を聞きつつ、松子が心に留めたのは旭荘の詩才よりも、愛する子を亡くした師を慰めようとする旭荘の情の深さだった。

(旦那様は、情が深すぎるがゆえに、ひとに思いが届かないことに苛立ち、憤ってしまうのだ)

それが、旭荘の孤独の源になっているのかもしれない。だが、もし、そうだとすると、師である昭陽には、旭荘の欠点というものが、わかっていたのではないか。

松子は何げなく訊いた。

「昭陽先生のもとでの学業を終えられるとき、何かお言葉はありませんでしたか」

「さようなことを聞いて何になる」

旭荘は訝しげに問い返した。

「ただ、何となく知りたいのでございます」

松子が甘えるように言うと、旭荘は、おかしな奴だな、と言いながらしばらく考えた後で、

「そう言えば、福岡から日田に帰るとき、賜った言葉があったたな」

と言った。

「どのようなお言葉でしょう」

松子が身を乗り出して訊くと、旭荘は、

「非常ノ材有ル者ハ、必ズ非常殃有リ、これを肝に銘じよ、ということであった」

大きな才能を持つ者には大きな災いが襲ってくるというのだ。松子は緊張して訊いた。

「その災いから逃れる術はないのでしょうか」

旭荘は少し考えてから、先生は一言だけ、お答えくださった、それは、

――人情ヲ重ンジヨ

という言葉だったと話した。

人情を重んじよ、それが旭荘にとって大切なことなのだ、と松子は胸に刻んだ。

旭荘は要領を得ない顔で松子を見つめている。

松子はため息をついて言った。

「わたしには、昭陽先生の教えは尊いもののように思えます」

旭荘は首をかしげた。

「むろん、わたしもそう思っている。しかし、ひとが人情を解するのは当然のことではあるまいか。さもなければ一編の詩も書けないのだから」

「それはそうだと存じますが、ひとがわかるのは、自分自身の情だけなのではないでしょうか」

松子はさりげなく問いかけた。

「自分の情だけだと？」

「はい、自分の情は感じるものですから、何をせずともわかります。ですが、ひとの情はわからないかもしれません。ひとがどれほど痛みを感じようとも、そのままわたしの痛みとなるわけではありません。同じようにひとがどれほど喜ぼうと、同じようにわたしがうれしいわけではないと思います」

「つまるところ、他人の気持はわからぬということか」

旭荘はひややかに言った。

松子はうなずきながらも言い添えた。

「そうだとは、思いますが、どこかでひとの気持がわがことのようにわかるのかもしれません。それが人情ヲ重ンジヨ、ということではないでしょうか」

考えながら話す松子を旭荘は不思議なもののように見つめていた。

松子が懸命に自分に何かを伝えようとしているのはわかった。

だが、なぜそうまでするのかがわからない。

旭荘は松子から目をそむけた。

三

一年が過ぎた。

旭荘と松子の暮らしはさほど波風がたたずに過ぎていたが、近ごろになって、旭荘は苛立ちを時折り、見せるようになっていた。

咸宜園から戻っても無言でいることが珍しくなかった。松子が何か話しかけると、

「うるさい」

という手厳しい言葉が反(かえ)ってきた。

些細なことでさらに荒い言葉が出そうになるのを懸命に耐えているのが、松子にはわかった。

食事のおりなど、旭荘は呆然と何事か考えにふけり、不意に茶碗を叩き付けるように置いて食事をやめ、書斎に引き籠ってしまう。

（理不尽なあのことに腹を立てていらっしゃる）

松子には旭荘の憤りがわかっていた。

だが、どうすることもできない。

天保四年（一八三三）一月六日、西国筋郡代、塩谷大四郎から咸宜園に、

「塾主を旭荘から淡窓に代えよ」

という思わぬ命が下ったのだ。

郡代役所に赴いて塩谷から、この達しを受けた淡窓は咸宜園に戻ると、旭荘に苦い顔でこのことを告げた。

旭荘は頬に朱を上らせた。

「なぜ、さようなことを塩谷様がお命じになるのです。咸宜園は私塾ですぞ。郡代様の差配を受ける謂れはありません」

淡窓は眉をひそめる。

「たしかにそうなのだが、郡代様が仰せになるからには、無視するわけにもいかん」

「おそらく、わたしの月旦表（げったんひょう）がお気に召さなかったのでしょう」

旭荘が憤然として言うと、淡窓は困った顔になった。

「まさか、そのようなことではないと思うが」

旭荘は頭を横に振った。

「いや、そうに違いありません。わたしが郡代役所から咸宜園に通う者たちの成績をよくしなかったのが、塩谷様の逆鱗（げきりん）にふれたのでしょう」

咸宜園では月に一度、塾生たちの学問の進み具合を評価して公表している。いわば試験の結果を塾生たちに告げるのだ。その中で郡代役所から来ている者たちへの旭荘の評価が低かった。

旭荘にしてみれば、学問のできがよくないのだから、仕方がないではないか、というつもりだった。

淡窓はしばらく黙ってから、

「だとしても、塾主の交代は表向きのことだ。咸宜園はいままで通り、そなたの思い通りにやればよい」

と告げた。旭荘は、目を閉じて、激しい言葉が出そうになるのをこらえてから、

「そのようなことでよいのでしょうか。塩谷郡代様は越えてはならぬ境目を越えて咸宜園に口出しをされています。これをそのままにしては学問の尊厳は成り立ちませぬ」

と言った。

淡窓は微笑して旭荘を見つめた。

「だからといって、どうするのだ。政(まつりごと)を司(つかさど)る方には、それなりの学問への考えもあろう。学問のことは学者にまかせよ、というわけにもいかん」

旭荘は納得できないというように頭を振った。

「それでは曲学阿世(きょくがくあせい)と言われるのではありませぬか」

旭荘の悔(くや)しげな言葉を聞いて、淡窓はうなずいた。

「たしかにそうかもしれぬ。だが、竹はどのように曲げてももとの直(す)ぐなる形へと戻る。学問にもそのような勁(つよ)さがあってもよいのではないか」

旭荘は眉根にしわを寄せた。

「たとえ、竹でも曲げすぎれば折れましょう。折れてしまってからでは遅いのではございませんか」

淡窓は、はは、と笑った。

「一寸たりとも曲げさせぬと力めば力むほど折れてしまうのだ。柳に雪折れなしというぞ。どれほどおのれを曲げてしのげるか、これは我慢比べだ。この世は我慢せずにしのげるほど安楽な場所ではない」

「されど、そのような世の中でもおのれを見失うなというのが聖人の教えではありますまいか」

旭荘はなおも食い下がった。淡窓は鷹揚にうなずく。

「では聞くが、孔孟の教えが世に広まって、これまでに正しき世が到来いたしたか。ひとは聖人の教えを胸に濁世を生きていくばかりだ。おのれの思い通りではないから、一歩も前に進まぬということで、どうしてこの世がよくなろうか。ひとは、曲がるなら、曲がり、汚泥にまみれるなら、まみれてでも前へ進むのだ。それが嫌だというのは、懈怠ではないのかな」

淡窓に諭されて、旭荘は大きく吐息をついた。

その後、淡窓は広瀬家の当主である弟の久兵衛とともに何度か塩谷郡代を訪ねて、旭荘を塾主に戻すことを願い出た。

しかし、塩谷の返事はにべもなかった。

「ならぬ。旭荘は不遜でおのれのみを尊しとしておる。さような者に塾主が務まるわけはなかろう」

切って捨てるように言う塩谷に淡窓は取りすがるようにして言った。

「しかし、旭荘の詩才はすでに諸国に聞こえ、その高名を慕って咸宜園を訪れる者もおります」

塩谷はじろりと淡窓を見た。

「それゆえ、講義をするな、などとは申しておらぬ。塾を宰領する器ではないと言っておるだけだ。そなたがかつてと変わらず、咸宜園を主宰すればすむことではないか」

久兵衛が身じろぎして口を挟んだ。

「お言葉でございますが、咸宜園はいずれ若い者にまかせねばなりません。身内贔屓ではなく、咸宜園に学び、もっとも優れた者は旭荘でございます。ただいまは不行き届きがありましょうが、将来の咸宜園を背負うためには塾主をまかせねば、器が成長いたさぬかと存じます」

久兵衛はかねてから塩谷を助けて干拓事業を行ってきただけに、その言葉を塩谷もむげにはできなかった。

「そなたの申すことにも一理はあるが、それゆえにこそ、ここで塾主からはずすという考え方もあるのだぞ。何も旭荘に日田から出ていけと言っておるわけではないのだからな」

どこか含みを持たせた塩谷の話を聞いて淡窓と久兵衛は顔を見合わせた。

塩谷への嘆願が聞き届けられない、と察した淡窓は久兵衛とともに、辞去して豆田町の広瀬本家に戻った。

奥座敷で向かい合った淡窓は久兵衛に、

「塩谷郡代様には、あるいは旭荘が目障りゆえ、日田から追放しようというおつもりであろうか」

と苦い顔で言った。

久兵衛は重々しくうなずく。

「わたしもさように思いました。何分にも旭荘は歯に衣着(きぬ)せずに申しますゆえ、塩谷郡代様は許せぬと思われているようです」

「どうしたものかな」

淡窓は吐息をついて頭に手をやった。久兵衛はしばらく思案してから、

「まずは、塩谷様のご意向にそって、旭荘が目立たぬようにしたほうがよろしゅうございましょう。ただ、そのうえで――」

と言葉を探す風だったが、思い切ったように、

「旭荘には日田が狭いのかもしれません」

と話を継いだ。

淡窓は片方の眉をあげて訊いた。

「旭荘を上方(かみがた)にでもやろうというのか。それでは塩谷郡代様の思うつぼになってしまうではないか」

久兵衛は頭をゆっくりと横に振った。

「いや、塩谷様のご意向に従うわけではございません。ただ、見ておりますと旭荘に

は常に何か憤りのようなものがあります。時折り、それが噴き出てまわりの者につらくあたるようです」

「そうか、前の妻のあさには気の毒なことをしたな」

淡窓はうなずいた。

「はい、女房を手荒くあつかうのは、旭荘の心持ちがそうなのかと思ってまいりましたが、近ごろでは広い世間に出たくて、もがき苦しみ、そのためにまわりの者にあたるのではないかと思うようになりました。旭荘は嚢中の錐でございます。突き出ずにはおられず、なおも嚢中に閉じ込めればまわりの者を刺し、やがてはおのれを刺してしまうのではありますまいか」

久兵衛は案じるように言った。

「なるほど、そなたの言う通りだな。鋭きも鈍きもともに捨てがたし錐と槌とに使い分けなば、ということか」

「さようです。兄上は何事も力強く打ち固める槌であり、旭荘は世間に風穴を開け、新しき風を呼ぶ錐なのではございますまいか」

淡窓は笑った。

「わたしはこの日田にいるだけで十分であったがな」

「ひとはそれぞれでございますよ」

久兵衛も微笑(ほほえ)んだ。久兵衛もまた、大地を打つ大きな槌ではないか、と淡窓は思った。

「しかし、このこと、まだ旭荘には言うわけにはいかんな」

淡窓は念を押すように言った。久兵衛は頭を縦に大きく振った。

「さようです。言えば旭荘はすぐにでも飛び出しましょう。しばらくは辛抱(しんぼう)してもらわねばなりません。そうせねば嫁してきたばかりの松子も気の毒ですし」

「そうだな。松子にあさのように悲しい思いをさせてはなるまいな」

淡窓はしみじみと言った。

淡窓と塩谷郡代の話し合いは不調に終わり、旭荘は塾主から退いた。肩書だけのことだとは言っても旭荘の面目は失われた。

旭荘は咸宜園での講義が終わるとすぐに家に戻り、塾生たちと話をすることもあまりなくなった。

咸宜園に通う郡代役所の手代たちの顔を見るのが不愉快だったからだ。そんな旭荘の態度は塾生たちからも顰蹙(ひんしゅく)を買い、淡窓のもとに訪れる塾生がしだいに増えていった。

旭荘は咸宜園の中でも孤立していった。

旭荘の機嫌が日を追うごとに悪くなっていくのが松子にはわかった。

だが、どうすることもできない。

旭荘は時折り、夜中に家を出てあたりを彷徨(ほうこう)するようになった。星を眺め、月光を浴び、夜風に吹かれながら、何事かを考えているのだろう。

そう思うだけで松子はせつなかった。

何とかならないものか、と思うが、一方で旭荘が師の昭陽から告げられた、

——非常ノ材有ル者ハ、必ズ非常殃有リ

という言葉を思い出した。あるいは詩人として旭荘は淡窓を上回る才を持っているのかもしれない。それだけに世に出るための苦しみは尋常ではないのだろう。

この苦難の末に旭荘を待ち受けるものがあって欲しいと松子は思った。

ある日、旭荘が咸宜園で講義をしている間、書斎の掃除をしていた松子は反古を入れておく紙袋からはみだしている紙を見つけた。

これもまた、旭荘が間違えて入れたものではないか、と思った松子はそっと文机の上に置いた。また、叱られるかとは思ったが、書かれた文字の並びが美しく捨て難いものに思えたからだ。

（このことで叱られてもいい）

松子は紙をそっと伸ばした。そこには、

菘圃葱畦（しゅうほそうけい）
路（みち）を取ること斜（ななめ）に
桃花（とうか）多き処（ところ）是れ君が家
晩来何者ぞ門を敲（たた）き至るは
雨と詩人と落花となり

菘の圃、葱の畦の中、桃の花がいっぱいに咲いているあたりに君の家がある。夕暮れ時に門を敲いて訪ねてくるのは誰だろう。雨か詩人か散る花か。

松子には漢詩はよくわからない。しかし、文字を眺めているだけで、せつない思いが湧いてきた。

旭荘は剛直でひとの意見を聞かず、自らを押し通そうとして孤立しがちだ。そして妻にも手荒くあたり、あたかもひとの情を解さないかのごとくである。しかし、その胸の裡にはかくもやさしき思いを抱いているのだ。

旭荘は誰にも理解されないだろう。だが、妻である自分にはわかる、旭荘というひとが心優しき詩人なのだと。

文机の前に座った松子はいつしか微笑みを浮かべていた。

四

旭荘と松子の間に長女ヨミが生まれたのは、祝言から二年後、天保五年（一八三四）四月のことだった。

塩谷(しおのや)郡代の命により、いったん、咸宜園(かんぎえん)の塾主からはずれていた旭荘だったが、このころ復帰し、以前と変わらず、塾生を見るようになっていた。それでも、塩谷郡代からの圧迫は続いており、旭荘の鬱憤(うっぷん)は晴れることがなかった。

それだけに赤子のヨミを見ることは旭荘にとって心慰(なぐさ)められることだった。昼間、寝ているヨミのそばに横になった旭荘が、子守り歌などを唄(うた)うのを聞いて松子は思わず言った。

「驚きました。旦那様が難しい漢語ではない歌を唄われることがあるのでございますね」

旭荘は笑った。

「わたしとて、幼いころは子守り歌を聞いて育ったのだ。ひとは赤子のころしてもらったことをわが子にもすると見える」

松子は家事の手を休めて微笑(ほほえ)んだ。

「まことにさようでございますね」

「ひとは親から子へ同じことを伝え、打ち寄せる波のように同じことを繰り返して生きていくことが幸せというものかもしれぬ」

旭荘は起き上がってしみじみと言った。

「今日という日が明日も来ることほどの幸せはないかもしれません」

松子はヨミの顔をいとおしげにのぞきこみながら言った。

ヨミが生まれて、旭荘の癇癪(かんしゃく)は少し治まってきたように思う。子がいるということは、自然と親に我慢することを覚えさせるのではないか。

いまも、時おり、気に入らないことがあると、眉間(みけん)にしわを寄せ、何事か言いそうになるが、それを堪(こら)えることができたとき、旭荘は安堵(あんど)の表情を浮かべる。

そんな様子を見ていると、古(いにしえ)の聖人と言われたひとたちも、もともと温厚円満な人柄ではなく、旭荘のように刺々(とげとげ)しいものを持っていたのではないかと思える。

だからこそ、おのれを律し、鍛錬(たんれん)していくことを学ぶ大切さを身をもって知っていたのだ。もし、聖人君子と呼ばれるひとが生来の気質であったとするならば、それは単なるめぐり合わせということになるではないか。

松子は旭荘の横顔を見ながらそう思った。それだけに、わが子の誕生が旭荘にとって明るき道へ通じることを願わずにいられなかった。

だが、生死の縁はひとの思い通りにはいかない。この年十月、旭荘の実父、

――広瀬三郎右衛門が亡くなり、翌年七月にはヨミが熱を出したかと思うと、あっという間にこの世を去った。それはあっけないほどの死であった。

この年正月、旭荘はひさしぶりに師の亀井昭陽を福岡に訪ね、さらに肥前国佐賀の古賀穀堂のもとを訪れた。

さらに長崎まで足を延ばして、高島秋帆に伴われて長崎に居留する中国やオランダ人の屋敷である唐蘭館を見学するなどした。

学者との交流の旅によって見聞を広め、考えるところを深くした旭荘だったが、それだけに、ヨミの死を受け止めることもできず、神仏の一瞬の気まぐれのように失ったわが子のことを思って嘆いた。

松子も悲しみは旭荘と変わらない。しかし、女人の性は、〈いま〉を受け入れ、〈明日〉に向かうことにあるのかもしれない。

わが子を失った涙をぬぐえば、身の裡から突き動かすものに従って前に進もうとする。

旭荘は時にそれがわからず、夕餉の後など、給仕をしていた松子に言いがかりのよ

うに、

「お前はヨミがいなくなって悲しくはないのか」

と難詰し、さらには罵った。それが旭荘の悲しみの深さゆえだとわかる松子はうなだれて、叱声を聞いた後、顔を上げて、

「旦那様、ヨミは去りましたが、子はまた生まれましょう。わたくしたちは川の流れの中にいるのです。同じところに止まっていては、ヨミも成仏できぬのではありますまいか。その方がかわいそうだと存じます」

と言った。旭荘を見つめる松子の目はすずしく、しっとりとした肌は匂い立つようでうなじのおくれ毛も艶めいていた。松子を美しいと旭荘は思ったが、そのことが疎ましいことのようにも感じられた。

旭荘は松子から目をそらせてつぶやいた。

「女人は生きていく業が深いな」

「旦那様は、深くないのでございますか」

旭荘は少し考えてから、

「深くはないようだ。時に死を思うことがある」

と答えた。死を考えるという言葉に松子は胸を突かれた。それでも、

「淡窓様はそうではございません」

と懸命に言った。松子にとって淡窓は舅（しゅうと）だが、広瀬家の者と同じように、

――淡窓様

と口にしてしまう。幼いころから蒲柳（ほりゅう）の質（しつ）で病がちな淡窓だが、芯（しん）は強く、決して挫（くじ）けることを知らない。それだけに広瀬家の者たちは、豪商として辣腕（らつわん）を振るう久兵衛（きゅうべえ）ですら、淡窓を頼りにし、心の支えとしている。

松子もまた広瀬家に嫁（か）してから、心のどこかで淡窓を生きる道をたどるおりの杖だと思うことがあった。

「義父上（ちちうえ）とわたしは違う」

旭荘はぽつりと言った。二十五歳年上の淡窓は旭荘にとって実兄であるよりも、はるかに大きな存在だった。

言ってみれば、春霞（はるがすみ）にかすむ山容を見るような思いがしたのだ。自分は山裾（やますそ）でめらめらと燃え立つ焚火（たきび）のようで激しくはあるが、しょせんは束の間の炎で、永遠にあり続ける山岳とは比べようもない。

どう生きたらいいのか。

物思いにふけるうち、旭荘は亡き子を思いながらも、いつの間にか自分の在り様に思いをいたす。

松子は旭荘を哀しい思いで見つめるしかなかった。


天保七年（一八三六）四月、淡窓は咸宜園での講義が終わった後、

「そなた、上方に出る気はないか」

と言い出した。

「上方でございますか」

旭荘は目を瞠った。

「そうだ。塩谷郡代様がおられれば、そうもいかなかったが、幸いなことに日田から去られたゆえな」

淡窓はほっとした表情で言った。

咸宜園への圧迫を繰り返していた郡代の塩谷大四郎正義は、日田の農民が暴政を訴えたことから前年八月に江戸に呼び出され、幕府の評定所で不正を取り調べられた。

不正の疑惑は晴れたものの塩谷は二ノ丸留守居となって再び日田に戻ることはなかった。

淡窓はかねてから、塩谷郡代の咸宜園への干渉を、

——官府の難

として苦しんできた。淡窓はこのころ日記に塩谷郡代が広瀬家のひとびとにどのように関わったかについて、

——先公（父）ト久兵衛トハ、寵ヲ得ルコトアッテ、辱ヲ得ルコトナシ。予ト謙吉（旭荘）トハ寵アリ辱アリ。予ハ寵ヲ得ルコト、辱ヨリ多ク、謙吉ハ辱ヲ得ルコト、寵ヨリ多シ

と記している。日田の掛屋（かけや）であった淡窓たちの父と、干拓事業に貢献した久兵衛は塩谷郡代にとって政（まつりごと）の助けになるだけに優遇され、辱（はずかし）めを受けることはなかった。淡窓自身と旭荘は知遇を得ることもあったが、辱めも受けた。そして淡窓よりも辱めを受けたのは旭荘である、としている。

つまり、広瀬家で塩谷郡代から最も迫害されたのは旭荘だった。その苦難から解放されたことが淡窓の気持を明るくし、旭荘を上方に送り出すことにしたのだ。

「わたしの上方行きを本家は承知してくださっているのですか」

旭荘が上方に行くとなれば、その費用を出すのは、本家を継いだ久兵衛である。旭荘は久兵衛の意向が気になった。

「久兵衛にはもう話してある」

淡窓はうなずいた。

旭荘が堺へ行くことについて、久兵衛は淡窓に反対こそしなかったものの、わずかに懸念を示した。

天保四年から三年間にわたって東北地方で凶作により、飢饉が起きている。天候不順は全国でも同じことで、九州も一揆騒ぎが起きており、上方は天下の台所と言われた大坂でも食料が不足しているという噂だった。

「もちろん、旭荘には十分な仕送りをいたしますが、たとえ金があっても凶作で米がなければ食することはできませんから」

と久兵衛が言うと、淡窓はしばらく考えてから、

「たとえ、そうであったとしても、苦難ゆえに逡巡しては学問はなるまい。旭荘は物見遊山で上方へ参るのではない。いわば、おのれを他国で研ぐために行くのだ。飢えるのであれば、彼の地のひとびとともに飢えるしかあるまい」

と言った。

「さようでございますな」

久兵衛はため息をついた。咸宜園にとっての、

　　――官府の難
が去った後、飢饉という災厄に遭うとはどういうめぐり合わせなのだろうか、と思った。

だが、それが旭荘の詩魂を錬磨することになるのかもしれない、と久兵衛は自らに言い聞かせた。

「わたしが書き溜めた〈遠思楼詩鈔〉を大坂の板元で刊行して欲しいのだ」

淡窓は旭荘を上方に送る理由をそう説明した。十年以上前から、淡窓はこの詩集を

まとめるため、頼山陽（らいさんよう）や菅茶山（かんちゃざん）に詩稿評を仰ぎ、亀井昭陽にも読んでもらって意見を聞き、三月に脱稿したばかりだった。この原稿を旭荘に託して大坂の板元に届けようというのだ。もちろん、届けるだけでなく刊行の交渉もしなければならない。

旭荘が大坂に行きやすいように、という慮（おもんばか）りからだ、とはわかっていた。だが、旭荘は淡窓の話を聞いて、それはなさねばならないことだ、と思った。

九州の日田に広瀬淡窓という詩人がいることを天下に知らしめねばならない、と心底思った。それは身贔屓（みびいき）な名誉心からではない。

儒学において、ひとは聖賢の道を学ぶが、その心において学んだかどうかは詩によってわかる。

すなわち自らが学問と詩作によって、どのように変わったかを世に示すことでもある。だからこそ淡窓が自らの世界をどう切り開いてきたかを、世に示したい、と旭荘は思った。

「わかりました。上方に出ようと思います」

旭荘は手をつかえて頭を下げた。

淡窓はにこりとした。

「そうか、ではどこへ行く。大坂か京か？」

旭荘は少し考えてから、

「堺へ参ろうかと思います。小林安石（こばやしあんせき）さんが以前から出てこないか、と言ってくださっておりましたので」

と言った。淡窓は笑顔でうなずく。

「ほう、安石がな。それはよい」

小林安石は名を勝、通称を安石。寛政（かんせい）六年（一七九四）、日田に生まれたから、旭荘より十三歳上である。少年のころ、淡窓に学んだ後、諸国を遊学して医術を学び、堺で開業した。後のことだが、嘉永二年（一八四九）に天然痘（てんねんとう）を予防する牛痘の接種を行い、名医としての高い評価を得た。

淡窓と堺のことなどを話した旭荘は家に戻ると、松子に上方へ出ることを告げた。

松子はちょっと驚いて目を丸くしたが、やがて、

「それはよろしゅうございました。お帰りをお待ちしております」

と言って手をつかえ頭を下げた。

「待つ？　何を言っているのだ。そなたにもともに来てもらわねば困るではないか。

わたしは家のことは何もできぬぞ。なぜ、さようなことを申すのだ」

旭荘は眉根を寄せ、不機嫌な表情になった。いまにも大声を上げそうで膝の上のこぶしが震えていた。

しかし、松子は動じない。そっと自分のおなかに手をあてた。

「申しあげるのが遅くなりましたが、ややを授かったようでございます。お医者の話では秋ごろに生まれるのではないかということでございます」

「なに、赤子が——」

旭荘は目を瞠ったが、やがてゆっくりと笑顔になった。

「そうか、それはよかった」

「ですから、わたしは、いまは上方へ参ることはできません」

松子はすでに母親の自信に満ちた顔になっていた。

「赤子か——」

旭荘はあらためて松子のおなかを見つめた。

「どのような子が来てくれるのでしょうか」

松子がささやくように言うと、旭荘は目頭が熱くなるのを感じた。

ヨミを失った後に新たな子が生まれる。世の営みとして自然なことなのだろうが、それでも喜びが湧いて来る。

「よかったな」

旭荘は松子のおなかに手をあてながら、ささやくように言った。

「ようございました」

松子はおなかの上の旭荘の手に自分の手をそっと重ねた。松子の手の温かみが旭荘に伝わる。

これは、命が持つ温かさなのだ、と思いながら、旭荘は詩を賦(ふ)した。

　梅の枝は幾所(いくしょ)か籬(まがき)を出でて斜めなり
　水に臨んで扉を掩(とざ)す三四の家
　昨日は寒風　今日は雨
　已(すで)に開く花は未だ開かざる花を羨(うらや)む

水辺の村。梅が斜めに枝を出しているのが見える。春の水は冷たく、昨日は寒風が吹き、今日は雨が降る。寒さに怯えたかのように三、四軒の家は扉を閉ざしている。すでに開いた梅の花は、いまだに開かず寒さを知らぬ梅の花をうらやましく思っているのではないか。

凍てつくような寒さの中でも梅は咲いて行くのだ。この詩を題するならば、

――春寒

であろうか、と旭荘は思った。

五

天保七年（一八三六）五月一日――

旭荘は中津の龍王浜から船で発ち、十六日には堺に着いた。

身重の松子を日田に残してひとりでの旅立ちだった。

小林安石が湊でにこやかに待ち受けており、旭荘をそのまま宿屋町山之口筋の自宅へと案内した。

七月一日には、このころ住職がいなかった近くの専修寺を借りて、儒学の講義を行

うことにした。

　近所の僧侶や知人など数人しか集まらなかったが、旭荘は、

（咸宜園も初めはわずかな受講者だけだったはずだ。ここから大きくするのだ）

と自らを鼓舞した。それとともに〈遠思楼詩鈔〉の刊行準備を始めた。

旭荘は安石の紹介で六月二日に大坂、心斎橋筋の書林、名田屋佐七のもとを訪ねた。

さらに翌日には、書林、今津屋辰三郎を訪ねた。

旭荘は淡窓と相談して刊行の費用として二十四、五両を見込んでいた。だが、今津屋では、店が刊行費用を負担してもよい、という話が出た。

しかし、旭荘はすぐには首を縦に振らなかった。

書や刷りの美しい本にしたかったからだ。その後も旭荘は板元たちとの協議を続け、結局、河内屋茂兵衛が上板を引き受けることで話がまとまった。それも、

——一銭不費、一部不買シテ、此方望次第ニ、本仕立
一銭も費用は払わず、できあがった本の買い取りもせず、淡窓の望み通りの本を作

るということになった。

河内屋は〈遠思楼詩鈔〉が売れると見込んだらしく、好条件を出してきたのだ。

その後、旭荘は詩集の校訂は、このころ、関西の詩壇を牛耳っていると言われた篠崎小竹に依頼した。校訂は淡窓や旭荘、安石も行うが小竹を加えることによって、詩集を関西で権威づけるためだった。

九月に入ると校訂が終わった分から大坂の筆耕に渡して板下を書かせた。さらに板下を再校訂したうえで彫工に渡すという段取りだった。

旭荘は塾の運営とともに〈遠思楼詩鈔〉の刊行作業に追われて、日々、あわただしく過ごした。

そんなある日、松子が無事、男子を出産したという報せが日田から届いた。

松子は筑後吉木村の実家に戻って九月二十九日に長男孝之助を産んだのだ。

旭荘はわが子が誕生したという手紙を食い入るように見つめた。しだいに身の裡から喜びが湧いてくる。

(ひとはこのようにして時の流れを生きていくのか)

実父の三郎右衛門が死に、わが子が生まれてくる。輪廻転生、古代からひとはかような営みを繰り返してきたのだ。

　そのことに感銘を受けるならば、人はこの世を生きるに値すると思うことができる。詩とは、その喜びを詠い、ときに、いのちの営みが絶えることを悲しむものなのかもしれない。わが子の誕生に力を得た旭荘は門人を少しずつ増やし、この年十一月には、甲斐町大道の屋敷に引っ越した。

　だが、このころになっても、東北の飢饉は終わらず、堺でも食料の入手に苦労するようになっていた。

　小林安石が気を遣って米や野菜を届けてくるものの、その量はしだいに心細くなっていった。常に空腹をかかえ、水を飲んでごまかすようになっていた。

　旭荘は台所で自ら米を研ぎ、野菜を煮つつも、はたして、このまま堺で暮らしていけるのだろうか、と不安を覚えた。米櫃を見ればしだいに底が見えてくる。

　（明日からは粥にするか）

　少しでも食い延ばさねばならない、と思った。飢餓が迫ることへの恐怖は門人たちも同様で、旭荘のもとに学びに来る者たちにも、どこか不安の影が漂うようになっていた。

旭荘は講義の合間を縫(ぬ)っては詩集の刊行作業を続けた。ある時、彫(ほ)りあがった板木を見ると数人の彫工で彫ったために字の巧拙(こうせつ)の差がはっきりと出ていた。それを見た旭荘は河内屋を訪ねて、

「どういうことだ」

と面罵(めんば)した。大声でひとを怒鳴(どな)るのはひさしぶりだった。茂兵衛は平謝りでさっそく同じ彫工に彫らせると約束した。

旭荘はこの間に河内屋と話し合って、刊行にあたって、書林から五十部を礼本として贈ることを取り決めた。さらに序文を書いてもらった篠崎小竹には旭荘が二分を届ける。また、菅茶山、帆足万里(ほあしばんり)、亀井昭陽にはそれぞれ一両を河内屋から払うことが決まった。

河内屋の客間で茂兵衛との話し合いを終え、旭荘がほっとして女中が運んできた茶を飲んでいると、店先でしきりに何事か話す声が聞こえてきた。

旭荘と向かい合った茂兵衛は、

「うるさいな。何事や」

と女中に訊(き)いた。

「それが、大塩様がお出でで、番頭さんと何やら話し込んでおられます」

「そうか、大塩様がな」

茂兵衛はちょっと考えてから、旭荘に、ちょっと様子を見て参りますので、と断りを言って店に出ていった。

おおしお、とは変わった姓だな、と思った旭荘は、ふと、

――大塩中斎
ではあるまいか、と思った。

大坂東町奉行所の与力だった大塩平八郎は陽明学者として知られ、洗心洞という塾を開いて人気を集めていると聞いた。洗心洞の洗心とは『易』繋辞上伝の、

――聖人此を以て心を洗ひ、密に退蔵す
に由来するという。大塩は明の大儒、呂新吾を知って陽明学を志し、北宋の張横渠の影響により、政治の改革を目指す独特の思想を築いた。

また、与力としても辣腕でキリシタンを摘発し、弾圧し、さらに西町奉行所筆頭与

力弓削新左衛門(ゆげしんざえもん)が立場を利用して不正を働いていることを暴き、破戒僧数十名を島流しにするなど苛烈なまでの実績をあげていた。

淡窓のもとに、大塩の著書『洗心洞箚記(さっき)』が贈られてきたことがあった。学者は著書を贈られれば、その感想を手紙にするのが普通だ。しかし、淡窓はこのとき、手紙を書かなかった。

旭荘は不思議に思って読んでみた。

――箚には針で刺すという意味がある。針で縫うように文章の意義を明確にするということなのだろうが、読み進むうちにまさに針で刺されるような息苦しさを感じた。

(危うい書だ――)

淡窓が感想を送らないという学者としての非礼をあえてしたわけがわかる気がした。

それ以来、大塩のことは考えなかったのだが、やはり強い印象があったのだろう。

やがて茂兵衛が客間に戻ってくると、旭荘は、

「おおしお、とは洗心洞の方か」

と訊いた。茂兵衛はほっとした表情でうなずいた。

「さようでございます。変わったお話を持ってこられて番頭が困っておりました」

ほう、とつぶやいて旭荘が問いたげな顔をすると、茂兵衛は首をかしげながら話した。

「大塩様は二千字ほどの文書を刷りたいそうで、それを何カ所かの板木屋に分けて頼み、しかも文書の途中から別の板木にするというやり方をしたいとのことなのです」

「つまり、どのような文書を彫るのか板木屋に知られたくない、ということか。奇妙だな、なぜ、そのようなことをするのであろうか」

旭荘は首をかしげた。茂兵衛はあたりをうかがってから、

「ひょっとすると、お上に逆らうような文書なのではないかと存じます」

「お上に――」

旭荘は目を瞠った。

「はい、大塩様は与力のころから激しいお方で、曲がったことを決してお許しになりません。飢饉で飢え死にする者が出ていることをひどく憤っておられるとのことでございますから」

「なるほど、それはもっともなことだが、お上に逆らうようなことをすればただでは

すむまい」

旭荘は『洗心洞劄記』を読んだときの息苦しさを思い出しながら言った。

「そうなのでございますが、大塩様は奉行所の与力だっただけに、お役人の過ちを赦(ゆる)さない方ですから」

茂兵衛は案じるように言った。

飢饉のためあらゆるものが値上がりし、一朱でようやく二升の米が買えるだけになった。

師走(しわす)となって、旭荘は淡窓への手紙で、

「また、物価が上がりました。近頃、町に盗賊が横行し、餓死する者は、昨日は二十五、六人、今日は九十人もあったということです」

と書いた。このころ、市中では来年の十二代将軍家慶(いえよし)の就任式のために大坂の町奉行が米を集めて、江戸へ廻送する、という噂が流れていた。

(この世はどうなってしまうのだ)

旭荘は飢餓に苦しむ民のために、後花園天皇が、漢詩をもって将軍足利義政を諫(いさ)め

たという故事を思い出した。

室町時代の長禄三年（一四五九）から始まった飢饉は、三年間に及び、京の鴨川が餓死者の死体でせき止められ、屍骸が腐敗した悪臭が洛中に満ち満ちた。京では八万二千人もの餓死者が出たとされている。しかし、将軍義政は民の困窮を尻目に室町第の改築を行っていた。

このため後花園天皇が、義政に一篇の漢詩を送って義政の行状をたしなめた。

残民争ひて首陽の薇を採る
処々廬を閉じ竹扉を鎖す
詩興の吟は酸たり春二月
満城の紅緑誰が為にか肥ゆ

飢饉の中、生き残った民は洛中のわらびを採っている。あちらでもこちらでも門を閉じて竹の扉に鎖をかけて閉じこもっている。詩を吟じて興ずるには、この二月はあまりに酷い。都に充満する花も緑も、いったい誰のためなのだ。

（帝の詩は将軍の胸に届いたのだろうか）

義政は後花園天皇の詩を読んで、大いに恥じたというが、それによって民の飢餓が救われたとは聞かない。

詩に力はあるのか、それともないのか。

旭荘は考え込んだ。

あるいは、大塩がやろうとしているのは、後花園天皇が将軍足利義政を諫めたのと同じようなことなのだろうか。

だが、『洗心洞劄記』に込められていたのは、もっと不穏な気配だった。

このころ、大塩についての噂を旭荘は耳にした。

豪商が米を買い占めて、米価が高騰していることに心を痛め、町奉行に蔵米を放出することや、豪商に買い占めを止めさせるなどの献策を行ったが聞き入れられなかった。そこで豪商の鴻池家に貧困に苦しむ者に米を買い与えるために一万両を貸して欲しいと申し込んだが、これも断られたという。

激しい性格だという大塩がじりじりと憤りを深くしていく様が見えるような気がした。

翌年の元旦、旭荘は大坂の住吉神社に参拝した。途中の道沿いで六人の餓死者の遺骸を見かけた。淡窓への手紙では、

――めでたき元日にも死者あとをたたず、ただあわれにございます

と書いた。京、大坂は餓死者が相次ぎ、窮民は盗賊となり、治安も悪化した。たまりかねた大塩は二月上旬、蔵書を六百六十八両余りで売り払い、施行札を一万部余り印刷して配った。この施行札を持ってくれば一朱と引き換えるという。一朱あれば、米を二升買うことができる。

その噂を聞いて旭荘は大坂の天満に出かけてみた。施行札を受け取るつもりはなかったが、大塩がどのようなことをしているのか、見ておきたかった。

天満川崎四軒屋敷の洗心洞を探し当てて行くと、施行札をもらいにきた人々が道にあふれていた。大塩の門人らしい十数人の男たちが施行札を配っていた。旭荘がその

様子を見ていると、背後から、

「施行札をもらいに来られたか」

と声をかけられた。

旭荘が驚いて振り向くと額（ひたい）が広く、白皙（はくせき）の容貌で眼光鋭い、四十年配の武士が立っていた。

「いや、もらいに来たわけではございません」

相手が名乗らないから、旭荘も名乗らずに返事だけをした。すると、武士は、

「先ごろ、河内屋でお見かけした。九州、日田の広瀬淡窓殿の弟御の旭荘殿でござろう。それがしは大塩中斎と申す」

茂兵衛は大塩のことを旭荘に話しただけに、旭荘についても大塩に漏らしていたのだろう。大塩は旭荘を見据えて、

「わたしが施行札を配るところを見にこられたのはどのようなご存念かな」

と厳しい口調で問いかけた。旭荘は腹を据えて大塩を見返し、

　残民争ひて首陽の薇を採る

処々廬を閉じ竹扉を鎖す
詩興の吟は酸たり春二月
満城の紅緑誰が為にか肥ゆ

と後花園天皇の詩を詠じた。大塩は大きく、うなずき、

「まことに、満城の紅緑誰が為にか肥ゆ、でござるな」

とつぶやいた。そして、すっと旭荘に近づくと、

「もし、大坂で火の手が上がった時は、駆けつけてわたしが何をなすか見届けていただきたい」

と囁いた。

旭荘は体が震えるのを感じた。

六

このころ旭荘は、堺で漢詩の会、

——逍遥吟社(しょうようぎんしゃ)を結成していた。堺で本格的な漢詩の結社は初めてであり、評判となって社友となるひとが相次(あいつ)いだ。

(さあ、これからだ)

旭荘が勢いづいていたころ日田から久兵衛の窮状を伝える手紙が届いた。九州でも飢饉が続いており、凶作に苦しむ農民たちが訴えたことから、塩谷郡代は江戸に召喚されたのだ。

塩谷郡代が江戸に去ると、農民たちは、永年、塩谷郡代の指示で干拓(かんたく)事業を行ってきた久兵衛に矛先を向けた。

久兵衛が塩谷郡代と組んで農民を苦しめ、私腹を肥やしてきたとして幕府に訴え出ようとする動きがあった。おりから幕府の巡検使が九州をまわることになっており、農民たちは巡検使に訴えるつもりらしい。

淡窓の手紙からは、広瀬家が追い詰められている悲壮な気配が感じられた。

淡窓の咸宜園を財政的に支えてきたのは久兵衛であり、本家がなければ咸宜園の隆盛もなかっただろう。もし、久兵衛が幕府の咎(とが)めを受けるようなことがあれば、咸宜園の存亡に関わる。

旭荘はそのことをよく知っているだけに、淡窓の困惑がよくわかった。淡窓は旭荘に江戸に赴いて幕臣の羽倉外記や川路聖謨などにすがってもらいたい、と書いていた。羽倉外記はかつて日田の代官を十五年にわたって務めた羽倉権九郎の息子で、自身も一年ほど代官を務めている。

また、俊秀な吏僚として評判の高い川路聖謨は日田の出身で、十二歳のとき御家人の養子となって江戸に出たのだ。

ふたりにすがって、久兵衛に咎めがないようにするしかない、と淡窓は切々と訴えていた。

（これは、江戸に行かねばならないな）

旭荘は決意した。

全国で飢饉に苦しんでいる最中、旅をすることは危ういことではあったが、広瀬家を守るためには、なさなければならないことだった。

旭荘は江戸へと向かった。

二月十九日——

大塩が大坂で挙兵した。

同志連判状によれば三十人の門人とともに、町奉行所の与力、同心十一人、浪人、百姓ら十数人も加わっていた。

大塩は棒火矢と呼ばれる火器や大筒(おおづつ)まで準備していた。

十九日朝、大塩を先頭にした一団は、

——救民

の旗を掲(かか)げ、天満の自宅に火を放ち、屋敷の南側の東照宮と、北隣りの屋敷に大筒を撃ち込んだ。さらに大筒を放ちながら北へと向かった。

大塩はかねて天満に火の手があがれば、ただちに駆けつけるよう、近在の農民に呼びかけており、百人ほどが集まった。

正午ごろには難波橋を渡り、北船場に入った。この頃には駆けつける農民の人数はさらに増え、総勢は三百人ほどになった。

大塩勢は北船場の鴻池屋、天王寺屋、平野屋、三井などの豪商を次々に襲い、さらに東横堀川を渡って内平野町に入って米屋を焼き打ちした。

大塩は挙兵によって町奉行を討ち取るつもりだったが、事前に幕府に察知されていた。大坂城から出兵して、大塩勢と戦闘を交えた。

大塩勢は最初の戦闘で崩れ、ついで淡路町の砲撃戦で四散した。

夕刻には乱は鎮圧された。

だが、火災は翌日まで続いて、大坂の五分の一を焼いた。大塩は養子の格之助（かくのすけ）とともに混乱の最中、落ちのびたが、二十七日には潜伏先を突き止められた。

捕り手が踏み込んで捕らえようとしたが、大塩は、隠れ家に火を放ち、用意していた爆薬での壮絶な死だったともいわれる。享年四十五。

その後、幕府は大塩勢の残党狩りを行い、挙兵に加わった者だけでなく、その家族まで、磔（はりつけ）、獄門、遠島を申し付けた。罰せられた者は七百五十人に及んだ。

旭荘が江戸に着いたのは、二月二十五日のことだった。

さっそく羽倉外記や川路聖謨を訪問した。外記は淡窓とも親しいだけに久兵衛に同情してくれた。

「久兵衛殿は、農民のためにと思い、干拓を行ったであろうに、なかなか理解されぬものだな」

そう言いながら、それにしても、大塩中斎はなぜ、あのようなことをしたのか、と外記はつぶやいた。

「大塩中斎殿が何をしたのでしょうか」

旭荘が怪訝な顔をすると、外記は声を低めた。

「まだ、詳しいことはわからぬが、大塩は大坂で謀反を起こしたらしい」

「謀反でございますか」

旭荘は目を瞠った。

「そうだ。窮民を助けると称して兵をあげたのだ。その日のうちに鎮圧された、という報せが早馬で入った。どのようなことが起きたかわからぬが、大塩勢は大筒を放ち、大坂は火の海になったそうだ」

外記は眉をひそめた。

「さようでございますか」

旭荘は、施行札が配られているのを見に行った際、大坂で火の手が上がるのを見たら駆けつけよと大塩に言われたことを思い出した。

三月二日になって、大塩の挙兵のことがさらに詳しく伝わってきた。

（何ということをしたのだ）

大塩の気持はわかるが、多くの門人を道連れにし、さらに大坂の町を焼くとは、あまりに激し過ぎたのではないか、と旭荘は暗澹とした思いにかられた。

同時に江戸に出ず、堺にいれば大塩との関わりを詮議されたかもしれない、と思った。それにしても、気になったのは、河内屋茂兵衛が大塩一党に連座して捕られたという報せだった。

どうやら、茂兵衛は大塩の頼みを引き受けて文書を刷ったらしい。板木職人たちにも、何の文書だか、わからないように分割されていたが、できあがったものは、大塩が挙兵に際して書いた、

——檄文

だった。

旭荘は羽倉外記に頼んで檄文の写しを見せてもらった。檄文は、

――四海こんきういたし候ハ、

と民が飢饉で苦しんでいることから書き起こしている。

此度の一挙は、日本では平将門、明智光秀、漢土では劉裕、朱全忠の謀反に類していると見る者がいるかもしれないが、我らの心中に天下国家を狙って盗もうというような欲はない。

湯武放伐や、漢の高祖、明の太祖が民を憂い、天誅を行った誠心以外の何ものでもない。もし疑うのであれば、我らの所業の終始を眼を開いて見よ、と呼びかけていた。

旭荘は檄文を読んでため息をついた。

大塩の述べるところは壮烈であり、義心の熱さは胸を打つものがあった。しかし、結局は自分に従う者を罪に落とし、大坂を焼いただけのことではないか。

大塩は満足だろうが、多くのひとは浮かばれず、窮民の救済も果たされないままだ。まして、檄文を刷った河内屋までが捕らわれることになったことも思い合わせると、大塩の決起を容認はできない、と旭荘は思った。

その後、旭荘は江戸で、

佐藤一斎（さとういっさい）
古賀侗庵（こがとうあん）
林述斎（はやしじゅっさい）
岡本花亭（おかもとかてい）

ら学者、文人と交流を広げた。咸宜園のことを知ってもらうためだった。その間にも大塩と関わりがあった者たちが、次々に捕縛され、処刑されているという話が伝わってきて、旭荘の胸を暗くした。

五月になって、茂兵衛が放免になったことがわかり、旭荘はほっとした。

赦免の理由はわからないが、大塩が板木を分割して、檄文の内容がわからないようにしていたことが幸いしたのかもしれない。

そのことを日田に報せると、〈遠思楼詩鈔〉の刊行がどうなるかわからない、と案じていた淡窓も安堵したようだった。

六月に入って以前と変わらず、店に出るようになった茂兵衛は、〈遠思楼詩鈔〉の刊行を進め、〈遠思楼詩鈔〉公刊の願書を提出した。

八月には名田屋佐七が願人となって〈遠思楼詩鈔〉を江戸でも販売する許可願いを

出し、奉行所に本が提出された。これによって江戸でも公刊されることになった。

完成した〈遠思楼詩鈔〉について板元の評価は、菅茶山はいまは流行ではなく、いま名声があるのは頼山陽であるとして、

——山陽トハ優劣シガタシ

と〈遠思楼詩鈔〉を讃えた。淡窓の詩は当代随一の人気詩人である頼山陽に匹敵すると認められたのである。

淡窓のもとに旭荘から〈遠思楼詩鈔〉が届けられたのは八月十八日のことだった。

旭荘はこれを機会に一度、日田に戻ることにした。

日田に着いたのは九月に入ってからである。

松子は孝之助を抱いて旭荘を出迎えた。

「お帰りなさいまし」

笑顔で迎える松子に旭荘は笑いかけた。

「やはり、日田はよいな」

「さようでございましょう。ひとは故郷が一番なのだと存じます」

旭荘はうなずいた。

「まことにそうだ。帰るべき場所があることが幸せなのだな」

嚙みしめるように言いながら、旭荘は潜伏先で自害したという大塩のことを考えた。

亡くなった大塩の魂はどこに行ったのだろう、と思った。

この世の果てであろうか、それとも蒼穹の彼方なのか。

七

旭荘が堺から日田に戻ってきて三月が過ぎて、
——天保八年（一八三七）十二月
となっていた。ひさしぶりに旭荘と暮らすことができて松子はほっとする思いだった。旭荘もまた疲れた表情で、
「もはや、上方はよい」

と言っていた。〈大塩平八郎の乱〉があって以降、幕府は大塩の残党狩りを行っており、私塾を開いている者には疑いの目が向けられる。

上方に出る気にはとてもなれないのだろう。だが、たとえそうだとしても、旭荘が日田で満ち足りて暮らしているとも思えない。

（また、旦那様は上方に出たいと言われるのではないか）

女は子供を授かるとそれまでとは考えが変わるというが、松子は旭荘に望むことをさせたいという心持ちを抱き続けていた。

淡窓は病弱ということもあって、日田の美しい風景に溶け込むようにして在り続けることが似合っている。また、そんな淡窓のあたかも竹林の七賢人のような風姿を慕って諸国から門人になろうとする若者が集まるのだ。

しかし、気性が激しい旭荘は多くのひとの間に出ていき、切磋琢磨してこそ、自らの詩才が磨かれるひとのように思える。淡窓が山深き静かな川のほとりに佇むひとであるとするなら、旭荘は激流に身を躍らせ、やがて大海にいたるひとではないかと思える。

松子は日々、旭荘の食事を用意しながら、晩酌が一合、二合と増えていくのを見て、

（また、始まるのだ）

とため息をついた。心に憂(うれ)いを抱く旭荘は、酒に酔うと、時に詩を吟(ぎん)じ、また気に入らない学者への罵詈雑言(ばりぞうごん)を吐き散らすが、それはすべておのれの胸に矢となって突き刺さり、自らを苦しめる。

酔いが進めば、罵(ののし)る相手は松子へと変わるのだ。淡窓と久兵衛(きゅうべえ)という世に優れた兄を持つ旭荘には、ほかに当たることのできる相手がいない。咸宜園(かんぎえん)の師として、日頃自分を抑えているだけに、酔いにまかせての乱暴はとめどがなかった。

泥酔し、蒼白になった旭荘は松子をそばに呼び、ゆっくりと手を上げる。その手が顔に振り下ろされるとき、松子はわずかに身をそらせて、旭荘の手をかわした。打擲(ちょうちゃく)を頭か肩で受けて顔に青あざが残ったりすることがないようにした。

顔にあざがつけば人前に出られないからでもあったが、何よりも淡窓に心配をかけては申し訳ないと思った。

さらに、酔いが醒(さ)めた旭荘は松子の顔に自らが乱暴を働いた跡を見ると、身も世もないほど後悔しておのれを責めるのだ。

松子はそんな旭荘を見たくはない、と思う。旭荘は時いたれば、雲を得て天に昇る竜となるだろう。そんな旭荘を守り、支えることが妻としての矜持ではないか。

だが、旭荘が自らが望むような生き方ができる日はいつのことなのか。

そう思うと、松子は哀しくなる。道なき道を歩み続け、ついには野辺に頽れるだけではないのか、という恐ろしさも感じていた。

旭荘もまた静かな憂悶の中にいた。

〈遠思楼詩鈔〉が出版されて以来、淡窓の詩人としての名は高くなっていた。淡窓と競うつもりはなくとも、旭荘にも詩における自負がある。

兄、久兵衛の苦境を救うため、江戸に赴いた際には、詩人の梁川星巌と親しくなって星巌の玉池吟社に出入りし、

塩田随斎
大槻磐渓

などの名だたる詩人と詩を唱和して楽しんだ。

また、羽倉外記の紹介で林 述斎に招かれた。述斎は美濃国岩村藩主松平乗薀の三男で幼少のころから学問に秀で、幕命により、当時、後継ぎがいなかった大学頭

である林家の養子となって林家を継いだ。

徳川幕府の草創期、家康に仕えた林羅山に始まる林家は松平定信の〈寛政の改革〉にあたり、昌平坂にあった林家の別邸や聖堂の土地一切を幕府に献上した。それとともに聖堂を改築し、学寮を建て、作ったのが幕府直轄の学問所である。いわゆる、昌平黌、昌平坂学問所だ。

林家を継いだ述斎は官製の学問所を統括する学者だった。頭を丸めており、痩身だが眼光は鋭く英気を失っていない。

その風貌には官学の総帥としての重みがあった。

松平定信は〈寛政の改革〉を行うとともに、寛政二年（一七九〇）に朱子学以外を禁止する〈寛政異学の禁〉を行った。

これは昌平黌だけに適用するものだったが、諸藩も暗黙のうちにこれにならった。

このため、福岡藩で藩校の西学（甘棠館）で教えていた徂徠学派の亀井南冥は、同じ藩校の東学（朱子学派）との対立から、その地位を追われた。当時、南冥の詩才は、

——西海第一

と称せられていた。南冥はその後、逼塞し、自宅の火事の際に焼死するという悲運

に見舞われた。南冥は旭荘と淡窓の師である亀井昭陽（しょうよう）の父であり、その最期（さいご）については昭陽からよく聞かされていた。

南冥は豪放な言動から多くの敵をつくった面があるが、幕府による〈異学の禁〉がなければ東学を勢いづかせることもなかっただろう。

南冥は徂徠学のひとだったが、父の悲運を見た昭陽は朱子学に転じた。それだけに旭荘は述斎と会いながら複雑な思いを抱いた。だが、述斎はそのことを気にする風もなく、

「九州の広瀬（ひろせ）の名はよく聞く」

と穏やかな表情で言った。ありがたく存じます、旭荘が頭を下げると、述斎は言葉をつづけた。

「広瀬の私塾では門人の身分を問わぬ、三奪とやらいう法を行っているというが、まことかな」

述斎の言葉にひやりとするつめたさを感じつつ、旭荘は、

「さようでございます」

と答えた。

「それはいかぬな」

述斎の言葉は思いがけず厳しいものだった。旭荘は腹に力を込めた。

「いけませぬか」

述斎は微笑した。

「いかぬとも、〈上下定分の理〉というものをご存じないか。身分を明らかにせぬことは、乱臣賊子をつくる源となる。さすれば大塩平八郎のごとき者が出てくる。身分上下を正し、乱さぬことが学問であろう」

林家の祖である羅山は著作の『春鑑抄（しゅんかんしょう）』で、

――天は尊く地は卑（いや）し、天は高く地は低し。上下差別あるごとく、人にも又君は尊く、臣は卑しきぞ

羅山によれば、士農工商の身分秩序は、天理によるものであるから乱してはならない、という。この考え方があるからこそ、林家は幕府に用いられてきたのだ。

林家を継いだ述斎にとって譲（ゆず）れぬところだ。そのことを知っている旭荘は、

「お教え、承ってございます」

と答えてその場を収めたものの、述斎に咸宜園を否定されたと思い、満腔の不満を抱いた。

（このようにひとを身分で縛るから大塩の決起があったのだ）

自らが加わろうとは決して思わないが、それでも述斎より、大塩に気持が傾斜するのを旭荘は感じた。

述斎は押し黙った旭荘を論に服したと見たのか、その後は機嫌よく漢詩の話などをした。

その後、述斎は息子の左近将監と式部兄弟に引き合わせた。林家の次の世代と親しむことで林家につながる学者として歩むようにと示唆したのだろう。

述斎は多趣味な人物で造園や音曲を好み、谷中や小石川に持つ別荘に、友人を招いて管絃の合奏を楽しんだ。

旭荘は後にそんな話を聞いて、江戸の学者は口に聖人の道を説いてもなすところは豪奢、華美ではないか、という感想を持った。

山々に囲まれた日田の盆地でたまに清流に遊ぶほか、ひたすら塾生の教育と詩作に打ち込む淡窓の清々(すがすが)しさこそが貴(たっと)いと思うのだ。しかし、では自分はどうするのか。旭荘にはまだ見えていなかった。

そんなある日、旭荘は松子とともに淡窓に呼ばれた。書斎には淡窓だけでなく久兵衛もいた。

ふたりが入って座ると、淡窓は穏やかな微笑みを浮かべた。

「来てもらったのはほかでもない。咸宜園のことだ」

淡窓に言われて、旭荘は緊張した。

日田に戻って、淡窓から何度か咸宜園の塾主に戻らないか、と言われてきた。その都度、言葉を濁(にご)してきたが、淡窓は相変わらず体の調子が良くなくて、塾生に教えることが負担になっているようだった。

そのことを思えば引き受けないわけにはいかないのだが、いったん、上方や江戸を知ってしまうと、日田に留まることは将来、後悔しそうな気がする。

「そのことですが」

旭荘が言いかけると、淡窓はゆっくりと手をあげて制した。

「いや、聞かずともわかっている。日田を出たいという気持が消えぬのであろう」

旭荘は淡窓の目を見つめた。

「申し訳ございません。大塩平八郎の乱が起きて上方に戻る気は薄れましたが、消えることはなかったようです。わたしには軽佻(けいちょう)にして浮薄(ふはく)なところがあるのかもしれません」

肩を落としていう旭荘に淡窓は笑いかけた。

「詩人とはひとを好む者のことでもある。そうでなければひとの心を打つ詩は作れぬゆえな。だとすると、人が集まる大都に行くのも詩人の性(さが)であろう」

「そう言っていただくと、助かる気がいたします」

旭荘はため息をついた。

「なんの、わたしが昔から言っていることだ。錐(きり)には錐の、槌(つち)には槌の使いようがあるとな。そなたには上方が似合う気がする」

旭荘ははっとした。

「それでは、上方に出(いで)よとの仰せでございますか」

うむ、とうなずいた淡窓は言葉を継いだ。

「久兵衛と話してそう決めた。ただし、久兵衛からそのために話してもらいたいことがあるというのじゃ」

上方行きを認めるかわり、久兵衛から条件があるらしい。

「何でございましょうか」

旭荘は久兵衛に顔を向けて訊ねた。久兵衛はゆっくりと口を開いた。

「いや、たいしたことではない。今度上方に行くにあたっては松子殿を連れていってもらいたい。もちろん孝之助も一緒だ」

「松子をですか」

旭荘は松子と顔を見合わせた。

久兵衛は深々とうなずく。

「そうだ。そなたが、松子殿に乱暴を働くことがあるのをわたしも兄上も知っておる。さような夫婦なれば、離れるのがよいかとも思うが、夫婦、親子は一緒にいてこそだ。そなたが、これから天下第一等の詩人になるのならば、おのれを練らねばならぬであろう。妻との間で正しく情をかわせぬようでは詩人とは言えぬように思うのだよ」

久兵衛の言葉を引き取るように淡窓が、詩を詠じた。

關關(かんかん)たる雎鳩(しょきゅう)は
河の洲にあり
窈窕(ようちょう)たる淑女は
君子の好逑(こうきゅう)

參差(しんし)たる荇菜(こうさい)は
左右に之を流(もと)む
窈窕たる淑女は
寤(さ)めても寐(い)ねても之を求む

之を求むれども得ざれば
寤めても寐ねても思服す
悠なる哉　悠なる哉
輾轉(てんてん)反側す

『詩経』の詩の数節だ。夫婦仲がいいとされるミサゴの夫婦が川の中州にいる。慎み深く美しい淑女は、ミサゴの妻のように、君子の妻とするにふさわしい。

生い茂った水菜は食卓を飾るべきものであり、淑女は、目覚めていても寝ていても、求めに求めて伴侶にすべきである。

淑女を求めて得ることができなければ、起きても寝ても残念に思うべきだ、残念のあまり、身のもだえる思いがする、という詩だ。

「この詩は、古来、婚礼の席で歌うべきめでたい歌だとされている。良き伴侶に恵まれるのはまことに得難いことだ。旭荘は自らの幸いを喜ぶべきだな」

淡窓の言葉を聞いて旭荘はわずかに身じろぎし、複雑な表情になった。自分は松子を慈しみ、守っていると言えるのだろうかという思いがあった。

いまも心が鬱するとき、激しい言葉で罵り、ときに手をあげることすらある。とても君子の振る舞いとは言えない。

（わたしは市井の無頼の徒と変わらぬ）

旭荘が慚愧の思いを抱いて黙していると、松子が口を開いた。

「ご配慮、ありがたく存じます。わたしも孝之助とともに旦那様に従って上方へ参ろうと思います」

松子の言葉を聞いて淡窓は微笑した。

「おお、そうしてくれるか。桃の夭夭たる、まことによきかな」

久兵衛も満足げにうなずいた。

旭荘だけが眉間に陰りを浮かべている。

八

天保九年（一八三八）三月、旭荘は大坂に出た。

五月に船場西横堀船町橋東詰南入に家を借りて月近亭と名づけた。

このころ松子も孝之助とともに大坂に出てきた。

だが、旭荘は落ち着かず、呉服橋東南苫屋町、浮世小路南の四軒町に移った。ここを芝軒と名づけたが、しばらくすると西国橋南に移った。

大坂に出てきた松子はあわただしく引っ越しに追われた。旭荘がなぜこれほど転居を繰り返すのかは、わからなかったが、ひとつには思うように塾生が集まらないためのようだった。

旭荘は大坂に出るにあたっての費用は本家の久兵衛から出してもらっても、その後の暮らしは自分の力で賄おうと四苦八苦していた。塾生が集まらないと思えば、すぐに引っ越した。松子にとっては大坂に出た感慨を抱く暇もない日々だった。

この年、十月、ようやく旭荘の引っ越し癖も西国橋南の住居で落ち着いたかに見えた。

だが、塾生は数人しか集まらず、暮らしは清貧というしかなかった。

ある日、旭荘は古河藩主土井侯の侍医で洋学者の岡部玄民宅を訪ねた。玄民とは大坂に出てきてから知り合っており、塾生を増やす知恵を借りたいと思っていた。

旭荘が玄民と話していると、表で訪いを告げる若い男の声がした。

その声を聞いて玄民は、

「おお、洪庵殿か、おあがりなさい」

と応じた。すぐに小柄な二十代と思しき明るい表情の男が座敷に入ってきた。

男は旭荘を見て、ちょっと驚いた顔をしたが座るなり頭を下げて、

「緒方洪庵と申します」

とあいさつした。

緒方洪庵は、備中国の足守藩の武士の家に生まれた。イミナは章、字は公裁、洪庵のほか適々斎とも称する。

十六歳のころ、父が留守居役を務める大坂に移った。大坂で蘭学者、中天游の私塾に通い、西洋の学問の知識を習得すると蘭方医を志した。江戸へ出て、蘭方医、坪井信道のもとで四年間、学んだ。その後、長崎に赴いて青木周弼らといったん備中に帰国していたが、このほど大坂で蘭学塾を開塾するために戻ったのだという。

「塾の名はわたしの号の適々斎から適塾としました」

洪庵は淡々と言った。

「適々とは、心に適う道を楽しむ、という意味ですか」

旭荘が訊ねると、洪庵はにこりとして、

「さようです。咸宜園の名にも通じるかと思います」

と答えた。咸宜園のことを洪庵はよく知っているようだと思って旭荘は、好感を抱いた。

洪庵が塾を開いた瓦町は北船場にある。大塩平八郎の乱によって、焼け野原になった船場は家が建て替わりつつあるが、それでも荒廃している。

そんな町で平然と塾を開いた洪庵は見かけの温容とは違って芯がしっかりとして豪胆なようだ。洪庵は、昼間は医師として患者の診療にあたり、夜はオランダ語の翻訳を行い、その間に塾生の指導をしている、という。

「もっとも、まだ塾生は少ないですから手間はかからないのですが」

洪庵は笑って話した。

適塾は入塾するための試験はなく、身元引受人がいて入塾金が払えれば誰でも受け入れる。士農工商の身分の差はなく、武士や農民、町人と出身もさまざまで、生まれ故郷も年齢も異なる若者が入ることができる塾なのだという。

入塾するとオランダ語の文法などを先輩が後輩に教え、原書を読む「会読会」の実力によって級が分けられる。月に六回開かれる会読会で塾に一冊だけある辞書の「ヅーフ・ハルマ」を塾生たちは争って読んで備える。

塾生たちがたがいに切磋琢磨するというやり方だった。

洪庵の話を聞いて旭荘は驚いた。

「それは、まるで咸宜園と同じです」

洪庵はにこりと笑ってうなずく。

「よいことですから、真似いたしております」

あっさりとした洪庵の言い方に旭荘は大笑した。

洪庵の恬淡とした物言いを面白いと思い、同時にこの若者が恐るべき大器であることも直感した。身分の差にとらわれない洪庵の教育法はいまの世をどこかで突き動かし、変えていくのではないか。

淡窓が日田の清雅な地において世俗に塗れぬ理想を追求しているとすれば、洪庵は市塵のただ中にあって新たな世にいたる道を見出そうとしている。

どちらも貴い、錐と槌である、と旭荘は思った。

しかし、洪庵は困った顔をして、

「ただ、どうにも塾生が集まらぬのには困ります」

と正直に言った。

「それはわたしも同じことです」

旭荘は苦笑した。

「しかし、わたしには事情があって、早く塾生を増やして、暮らしを楽にしたいのです」

洪庵は当惑(とうわく)したように言った。

旭荘は玄民と顔を見合わせた。玄民が眉をひそめて洪庵に訊ねる。

「どんな事情がおありだというのです」

訊(き)かれた洪庵はため息をついた。

「妻が気鬱(きうつ)になりました」

「ああ、やはりそんなことに――」

玄民は眉根を曇(くも)らせた。旭荘は玄民に顔を向けた。

「洪庵殿の奥方が気鬱になられたとはどういうことでしょうか」

玄民は洪庵をちらりと見て、申し上げてよろしいか、と言った。

洪庵は、はい、とうなずく。

「洪庵殿の奥方は八重(やえ)様と言われ、洪庵殿が学ばれた中天游様の塾での兄弟子、億川(おくかわ)百記(ひゃっき)殿の娘御なのです」

百記は弟子の洪庵の才能を見抜いて、

「洪庵は将来、偉くなるに違いない」

と言って、娘の八重を半ば強引に洪庵の嫁にする話を進めた。百記は摂津国名塩の医者で実家は製紙業を営んで裕福だった。名塩は昔から紙すきを行っており、土をまぜることによって熱に強い、

――名塩紙

を作った。名塩紙は諸国に知られ、藩札や金をのばす箔打紙などに用いられて製紙業は富裕だった。このため洪庵の長崎遊学の費用も百記が面倒を見るなどしたのだ。

洪庵は百記の親切に半ば押し切られるようにして八重を妻に迎えたが、器量よしで気立てもよい八重に満足していた。

祝言をあげたのは七月のことで、夫婦として暮らし始めてまだ三月ほどだ。しかし、八重は暗い顔をして、時折り寝込んでしまうことが多くなったという。

洪庵は吐息をもらして、

「八重は乳母日傘で育ったお嬢様ですから、貧乏塾の暮らしが耐え難いのだろうと思います。本当なら実家に戻してやったほうがいいかと思うのですが、わたしは八重をいとおしく思うようになりましたので、それもできかねます。それで、何とか塾生を

増やせないかと考えているのですが。どうしてもいい方法を思いつきません」

と言った。玄民は同情するようにうなずいた。

「それは大変ですな。塾生を増やすのは容易ではありませんが、たとえばこういう風にしたら、いかがでしょう」

玄民は旭荘と洪庵の塾生たちに、それぞれおたがいの塾を紹介して、入塾の世話をしてやったらどうか、と話した。

大坂に出てきた塾生たちはひとつの学問に限らず、多くを学ぼうとしている。学び始めた塾でほかの塾を推奨してもらえば、掛け持ちで行こうとする者も多いのではないかという。

何より、このやりかたならば、入門にあたって紹介者を頼む手間が省ける。

旭荘は膝をぴしゃりと打った。

「なるほど、これはよいことを教えてもらいました。わたしはぜひ、さようにいたしたいが、洪庵殿はいかがかな」

洪庵はにこりとした。

「もちろん、咸宜園の塾主であられた旭荘先生と助け合うことができるのなら、わたしにとっては光栄です」

洪庵の答えを聞いて玄民は手を打って喜んだ。

「大坂は大塩平八郎の乱により、私塾は謀反人の巣窟のように思われて火が消えたようになっております。おふたりで灯りを点していただきたい」

玄民の言葉になるほどそういうものかもしれない、と旭荘は思った。そして少し考えてから、

「どうでしょう。おたがいの塾を推奨するならば、まずたがいを知らねばなりません。せっかくですから、本日、洪庵殿の塾をお訪ねしたいがいかがでしょう」

洪庵はぱっと顔を輝かせた。

「旭荘先生が来てくださるのですか。それはまことに嬉しいことでございます」

旭荘は、洪庵に案内されて瓦町の適塾を訪れた。

二階建ての家は一階に洪庵夫婦が住み、二階が塾生のためだという。洪庵は家の中を案内しながら、諸国から塾生が来た場合は二階で暮らさせるつもりだ、と話した。

洪庵と旭荘が客間に落ち着くと、若い女中が茶を持ってきた。あかぬけしたきれい

な顔の女中で、洪庵は、

――おきみ

と呼んでいた。洪庵は茶を飲みながらおきみに、

「八重の具合はどうだ。旭荘先生がお出でになっている。挨拶をしてもらいたいのだが」

と訊いた。おきみは首をかしげて、

「あまりお気分がすぐれないようですので。無理はされないほうがいいように思います」

とすぐに答えた。どことなく初めから決めていたような答えだった。

そうか、と言って洪庵は肩を落とした。そんな洪庵を見て、おきみは涙ぐんだ。

「おやさしい旦那様のお気持が奥様に伝わればよいのですが。奥様はご自分の体のことばかりのお方で――」

嘆くように言うおきみの言葉に旭荘は微かに不快なものを感じた。

（主人の客の前で奥方を難じるなど心がけのよくない女中だ）

洪庵は君子で女中の言葉にいちいちこだわったりはしないようだが、わが家の女中

であれば、怒鳴(どな)りつけている、と旭荘は思った。

それだけに八重が気の毒になって、奥方が無理をされては体に障(さわ)りましょう、と言葉を添えたとき、縁側(えんがわ)に女人が来て跪(ひざまず)き、手をついた。

「ようこそ、お出でくださいました。緒方洪庵の妻、八重にございます」

鈴が転がるような声で八重は言った。

年はまだ、十七、八だろう。楚々(そそ)として美しく、谷間の白百合のようだ、と旭荘は思った。

八重が挨拶したのを見て、洪庵は嬉しげに微笑(ほほえ)み、おきみが眉をひそめる様を旭荘は見つめた。

九

十日後――

洪庵は旭荘の塾を訪れた。

客間で旭荘から塾での指導法などを聞きながら洪庵は浮かぬ顔をしている。松子が

茶を持ってきた頃合いに、旭荘は、

「何やら気がかりなことがおありのようですが、いかがされました」

と訊いた。松子はかたわらに控えている。

洪庵ははっとしたが、すぐにいつもの穏やかな笑顔になった。

「これは失礼いたしました。家のことでちと気がかりなことがありまして、顔に出てしまったようです。お許しください」

頭を下げた洪庵はしばらく考えてから口を開いた。

「妻のことでございますが、旭荘先生にご相談いたしてよろしゅうございますか」

「なんなりと」

旭荘は深々とうなずいた。

洪庵は思い切ったように、

「実は昨夜、女中のおきみが、どうも八重がわたしとおきみの間を疑って、実家に戻ると言っているので、諭していただきたい、と言うので八重と話したのです」

「ほう、さようですか」

旭荘はさりげなく松子と目を見交わした。洪庵はそれを気にする風もなく、話を続けた。

「わたしが、おきみと何かあるわけがない、誤解をしてはならぬと八重に話しますと、初めは黙って聞いていた八重が突然、はらはらと涙をこぼして泣き出して、それからは実家に戻らしてくれと言うばかりで、困り果てているのです」

「なるほど、それは難儀なことですな。つかぬことをうかがいますが、そのおきみという女中は奥方についてこられたのですか」

旭荘はたしかめるように訊いた。洪庵はちょっと驚いた顔をして、

「はい、八重より二つほど年上ですが、同じ村の女で子供のころからよく知っていたそうです」

「二十ころと言えば嫁していても不思議ではない年ですが」

「村の者のところに一度、嫁いだようですが、うまくいかず不縁になったそうです。おきみは大坂に出たいという望みがあったようで、村で生涯、暮らすのは嫌だったそうです」

ほう、さようですか、と旭荘が相槌を打ったとき、松子が片手をつかえて口を開いた。

「さしでがましゅうございますが、お訊ねいたしてよろしゅうございますか」

旭荘はさっと振り向いて、

「客人との話に口を差し挟むとは、なんという無礼者だ。ひかえなさい」

と怒鳴った。その大声に驚いた洪庵が、なだめるように、

「奥方様がお訊きになりたいことがあるのでしたら、どうぞお訊きください。わたしはかまいませんから」

と言った。松子は苦虫を嚙み潰したような顔をしている旭荘をちらりと見てから、

「わたくしは先日、旦那様から緒方様の奥方様のことをお聞きしました。そのとき、不審に思ったのでございます。女子にとって貧苦はつらいものではありますが、そのために離縁したいとは露ほども思わぬものです。それより、女子にとってつらいのは、夫から信じられていないことを知ることでございます。奥方様が悲しみ、涙を流されたのはそのことではないでしょうか」

「そういうものですか」

洪庵は当惑した。松子はさらに話を続ける。

「そのおきみという女中の方はどこで緒方様に、奥方様から疑われているという話を

されたのでしょうか」

「書斎です。わたしが読書をしていると、いつも茶を持ってきてくれますので」

「毎晩でしょうか」

「はい、読書するときはいつもしてくれます」

「なぜ奥方様が茶を持っていかれないのでしょうか」

松子に訊かれて洪庵は首をかしげた。

「はて、なぜそうなったのかわかりませんが、八重が嫁して初めのころは、八重が持ってきました。ただ、八重が風邪(かぜ)をひいて寝込んでからはおきみに替わったようです」

「おきみさんはお茶を出してすぐに書斎を出られるのですか」

「いや、多少、世間話をしていきます。おきみの話は面白いのでわたしも聞いてしまいます」

「そのおふたりの話し声やときには笑い声が、風邪で寝ていた奥方様の耳にも入ったのではないでしょうか」

松子が言うと、洪庵は膝を手で打った。

「そうかも知れません。それで八重は疑ったのでしょうか」

　松子はゆっくりと頭を振った。

「妻たる者はそれぐらいのことで疑ったりなどはいたしません。ですが、同じ屋根の下にいる女子がことあるごとに、思わせぶりなことを言って疑わせるようにしむければ、夫に話すわけにもいかず、しだいに気鬱になってしまうかもしれません」

　洪庵は目を瞠った。

「まさか、おきみがさようなことを八重に吹き込んだと言うのですか」

　松子はうなずいた。

「はい、旦那様は、どうも女中の方の振る舞いは出過ぎで不遜に思われたそうです。挨拶に出てこられた奥方様は懸命に自分のなすべきことをなそうとされているようだったと旦那様は言われました。それを聞いて、わたくしは同じ女子の身として奥方様は必死に闘っておられるのではないかと思いました」

「八重が闘っている？」

　洪庵は驚いた。

「はい、おきみという女中から思わせぶりなことを言われて苦しんでおられるのではないでしょうか。嫁いだばかりの女子が旦那様にさような疑いの話をできるはずもなく、自分の胸におさめている間に気持が沈んでいかれたのではないかと思います」

松子に言われて、洪庵は考え込んだ。

「わたしにはさようなことは信じられないのですが」

松子がさらに何か言いかけようとしたとき、旭荘は大声を発した。

「松子、そなたは他家のことをさほどに悪しざまに言うとは何事だ。勘弁ならぬ、折檻いたしてくれる」

旭荘は右手を振り上げた。洪庵はあわてて腰を浮かし、旭荘をなだめようとした。

「旭荘先生、さような乱暴はいけません。先ほどから奥方様の言われることはもっともなのですから」

洪庵が懸命に止めると、旭荘は振り上げたこぶしを下ろした。

洪庵に顔を向けて旭荘は、

「洪庵殿、松子の申すことがもっともだというのはまことですか」

と訊いた。洪庵は息を呑んだ。そして苦笑しながら答えた。

「まことです。ただ、わたしはわが家の女中をさように悪くは思いたくなかったのです」

旭荘は荘重(そうちょう)な顔つきで言葉を継いだ。

「洪庵殿、あなたはまことに君子人だ。それゆえ、ひとの悪を見ようとはされぬ。それはひととして美しいことだが、一方でひとにはそれぞれ守らねばならない相手がある。そのような相手を守るためには、ひとの悪に目をつむり、おのれひとりを清しとするのは、君子に似て、君子に非(あら)ず。俗物の最たるものではないか、とわたしは思いますぞ」

洪庵は目を閉じてしばらく考えてから瞼(まぶた)を上げた。

「ご叱責(しっせき)、身に沁(し)みました。おきみのことは振り返って考えれば、思い当たることが多々あります。あるいは八重を追い出して自分が後妻におさまるつもりなのかもしれません。わたしが迂闊(うかつ)なばかりに八重に悲しい思いをさせたようです」

旭荘は松子を振り向いて、うなずいて見せた。

松子は両手をつかえて頭を下げた。

「緒方様、ご無礼を申しました。お許しください」

いや、いや、と手をあげた洪庵ははっと気づいた。

「そうか、旭荘先生と奥方様で示し合わせていまのような芝居をされたのですね。これは恐れ入りました」

旭荘はゆっくりと頭を振った。

「いや、芝居というようなものではないのです。洪庵殿をお訪ねしてどうも気にかかることがあると妻に話したところ、奥方は苦しい思いをされているのではないかと妻が申しました。そのことを何とかお伝えしたいと思ったのです」

さようですか、と洪庵が落ち着いた表情で応じると、旭荘は居住まいを正した。

「奥方にお会いして感じたことがござる。それにふさわしき古詩があるゆえ、詠じてみましょう」

旭荘は寂(さ)びた声で詩を吟(ぎん)じた。

桃(もも)の夭夭(ようよう)たる
灼灼(しゃくしゃく)たる其の華
之の子于(ここ)に帰(とつ)ぐ
其の室家(しっか)に宜(よろ)しからん

桃の夭夭たる
蕡（ふん）たる有り其の実
之の子于に帰ぐ
其の家室（かしつ）に宜しからん
桃の夭夭たる
其の葉蓁蓁（しんしん）たり
之の子于に帰ぐ
其の家人（かじん）に宜しからん

桃の花は若々しく、燃えるように盛んに咲いている。この娘は今お嫁に行きます。きっとその家の人とうまくいくだろう。

若々しい桃のはち切れるような実がなります。この娘は今お嫁に行きます。きっとその家の人とうまくいくに違いない。

若々しい桃の葉は盛んに茂る。この娘は今お嫁に行きます。きっとその家の人とうまくいく、という意である。

花嫁として嫁ぐ娘の幸せを祈る詩だ。

かたわらの松子は目を伏せて旭荘の声に聞き入っていた。

「詩経にある〈桃夭〉です。古からひとは夫婦が添い遂げて幸せであることを願ってきた。それはいまも変わらぬと思います。夫婦が幸せであってこそ何事かをなせるのではないでしょうか」

旭荘は淡々と言う。


三日後——

洪庵から、旭荘に手紙が届いた。

帰宅してから、八重と話し合ったところ、おきみがどのようなことを八重に吹き込んでいたかがわかった。

おきみはすでに洪庵と深い仲であるかのように、八重に思わせて、何とか離縁させ、自分が後添えになろうと考えていたのだ。

洪庵はただちにおきみに暇を出し、これからしばらくは女中を置かないことにした。

すると、八重はいままでの気鬱が嘘のように明るくなったという。

洪庵の手紙を読んだ旭荘は松子に話して聞かせ、

「これでよかったのだな」

とつぶやいた。松子も笑顔で応じる。

「さようでございます」

ふたりの大坂での暮らしが始まったばかりのころの出来事だった。

洪庵と八重は、その後、仲睦まじく過ごし、六男七女を儲ける。八重はその後、薬の調合や看護術まで身につけて洪庵を助け、常時、六十人ぐらいの門人が寄宿していた適塾の世話を見事にこなし、塾頭だった福沢諭吉から母のように慕われた。

旭荘は、大坂で何度も転居したが、常に適塾の近くに住んだ。また、適塾の規則に背いて洪庵から破門されそうになった門人が、旭荘にとりなして貰う事も多かった。

洪庵は旭荘が病になると度々、診療しては薬を調合した。旭荘の家医でもない洪庵が、病気がちの旭荘のために診察や調薬をしたのである。

旭荘と洪庵の交友はお互いが歿するまで二十五年間にわたって続いた。

十

天保十年（一八三九）七月――

旭荘が大坂に出て一年余りが過ぎた。

夏になって旭荘は桜の名所として知られる大川土手の桜宮神社に松子と孝之助を伴って出かけた。

桜宮神社の祭神は天照皇大神、桜宮という名は、神社がかつてあった桜野という地名からきている。洪水での被害を受けて宝暦六年（一七五六）に造営された際に前の地名から桜宮と名付けられたという。

社名にあやかって境内や大川端にまで桜が植えられ、春の盛りには雪と見間違うほどらしい。しかし、すでに桜の季節は終わっており緑濃い木々が続いている。

松子は幼子の孝之助の手を引いて旭荘の後を歩きながら、

「旦那様は変わっていらっしゃいます。せっかくの桜の名所なら花見の季節に連れてきていただいたほうが、嬉しく思いましたのに」

と言葉とは裏腹に楽しげに言った。

旭荘はときおり、矢立を懐から出して手帳に何事か書きながら歩いていて、返事もしない。旭荘が詩想を練りながら歩くとき、話しかけても返事をしないのは、いつものことだった。

旭荘が孝之助と自分を連れて外出したのは、わずかながら面映ゆさもあってのことだろう、と松子は思っていた。

旭荘は自らのことを、

——余カ性暴急ニテ
と言う。怒りやすく、時に乱暴を働いてしまうのだ。

数日前のことだが、旭荘は門人十五、六人とともに近所の風呂屋に行った。ところが湯が熱すぎて入れない。

「水を入れてくれ」

旭荘が頼むと風呂屋の主人がやってきて大きい柄杓で二杯だけ水をうめた。だが、それではとても湯が冷めない。熱すぎると文句を言ったが、主人は、

「うちはいつもこの熱さや」

と強情に言い張ってそれ以上、うめようとはしない。腹を立てた旭荘は、

「それなら帰る。湯に入らないのだから湯銭を戻してくれ」

と交渉した。しかし、主人はなおも首を横に振った。

「この熱さで入る客もいる。入らないのはお客の勝手だから、湯銭は戻さない」

あくまで主人が拒むと、旭荘は激怒した。

「そうか、それなら湯の熱さを自分でたしかめろ」

と言い放つなり、弟子たちに手伝わせて主人をかつぎあげ、湯の中に放り込んだ。

主人は、

——熱い

と悲鳴をあげて旭荘に降参した。

旭荘は大笑して湯銭は取り戻さずに引き揚げた。

翌日、風呂屋の主人は謝罪に来た。そしてつくづく旭荘の顔を見て、

——先生ハ畏(おそ)ルヘキ人ナリ

と言ったと旭荘は日記に記した。

この乱暴については旭荘も反省しており後に、

——此事我モ今ハ決シテセサルコトナリ。家兄（淡窓）ハ少年ノ時モ、必スナキコトナリ

と今の自分は決してこんなことをしないが、兄の淡窓は温厚で少年のころからこんなことはしなかったと記している。

それだけに、旭荘は松子に面目なく思って外出に連れ出したのだろう。それなら、そうだと話せばいいようなものだが、歩き始めた旭荘はすぐに詩作にふけり、あたかも松子と孝之助のことを忘れたかのようだ。

（そういうひとなのだ）

松子は微笑して旭荘の背中を見つめながら歩いた。

旭荘がなおも黙々と歩いていくと、羽織袴姿で脇差だけを腰にした三十代後半の総髪の男とすれ違った。

身なりから見て、武士というより、医者か儒学者のようだ。しかも六十過ぎと思しき小柄な女人をいたわりつつ歩いている。その様子から女人はおそらく実母であろう。

旭荘が軽く頭を下げて通り過ぎようとしたとき、男が立ち止まって、

「もしや、広瀬旭荘先生ではございませんか」

と声をかけた。旭荘は驚いて立ち止まり、

「いかにも旭荘でござる」

と応じながら、相手の顔を見定めようとした。額が広くととのった顔立ちであごがしっかりとしている。何より、目が生き生きと輝いているのを見て、

(学者ではあるまいか)

と旭荘は思った。男は頭を下げて、

「失礼いたしました。わたしは先年、広瀬先生が江戸にお見えになったおり、会合にて顔を合わせたことがあります」

と言って、三河国、田原藩の、

——鈴木春山
という者です、と名のった。そう言われて旭荘もようやく思い出した。

二年前、淡窓の要請で江戸に上った際、学者たちと親交を深めた。そんな会合のおりに春山も来ていた。さほど、話はしなかったものの、再会してみれば、春山の怜悧な物言いをよく覚えていた。

春山は田原藩の藩医、鈴木愚伯の息子でシーボルト門下の秀才、高野長英につい

て蘭学を学んだ。やがて長英とともに当時のヨーロッパの兵学を紹介する「兵学小識」という書物を翻訳する。

「兵学小識」には、大砲や小銃といった武器の使用、火薬の製造、陣地や要塞の構築など様々な軍事知識が紹介されていた。

鈴木春山は、いわばわが国での近代兵学の先駆者だった。

旭荘は懐かしく思って、

「大坂には藩の用事で来られたのですか」

と訊いた。春山はやや陰りのある微笑みを浮かべた。

「いや、母が上方見物をいたしたいと申すので連れて参りました」

「さようか、それは親孝行をなされておられますな」

旭荘が感心したように言うと、春山は苦笑した。

「いや、母は苦労したひとですから」

春山の言葉を聞いて旭荘は春山の老母に目を遣った。

春山の母は、松子に、

「わたしは、そのと申します」

と名のってから、孝之助の顔を覗き込み、

「まあ、なんとかわいらしいお子様でしょう」

と朗らかに言った。

その様子を見た春山は旭荘に顔を向けた。

「いかがでしょう。この先に茶屋がござる。母も歩き疲れたでしょうから、ひとやすみさせたいと思います。ご一緒にいかがですか、今少しお話もいたしとうございます」

丁寧な口調で春山に言われて、旭荘は松子の顔を見た。松子はそのに好感を抱いたらしくにこりとして見返してきた。

旭荘は空咳をして威厳をととのえてから答えた。

「ご一緒させていただきましょう」

境内には〈桜餅〉を売る茶店があった。

塩漬けにした桜の葉で餡餅を包んだものである。

五人で座敷に上がった。孝之助がおいしそうに食べるのをにこやかな笑顔で見つめながら、そのは、さりげなく身の上を語った。

そのは三河国渥美郡田原の農家の生まれだという。若いころ一度、農家に嫁して一男一女を産んだ。しかしそのに不幸が相次いだ。

長男は生まれてすぐに病で亡くなり、長女はふとした隙に野犬に襲われて噛み殺された。

そのは、茫然自失し、悲しみのどん底に沈んだ。しかも夫も間もなく亡くなり、実家にもどった二十歳のそのは何もかもなくしていたのだ。

それでも働かないわけにはいかない。

田原藩一万二千石の御殿医、鈴木愚伯のもとに女中奉公にあがった。そのの陰日向ない働きは愚伯に気に入られた。

その後、愚伯の妻が亡くなるとそのは後妻に迎え入れられた。小藩とはいえ、農民の出で、しかもいったんは嫁して子供もいた女が御殿医の妻になるなど考えられないことだった。

しかし、愚伯はよほどそのが気に入ったらしく親戚の反対を押し切った。そのは二十五歳で春山を産んだ。

春山は俊才で田原藩家老でありながら著名な蘭学者であり、絵の素養でも知られる渡辺崋山にも気に入られた。

いまではその出自をとやかく言う者もいなくなり、安穏に日々を過ごせているのだという。そのの話を聞いて松子は胸を打たれた様子で、

「ご苦労が実を結ばれたのでございますね」

と言った。そのと同様に後妻である松子には、そのの苦労が身に染みてわかる気がした。

「これも御仏のお導きです」

そのは嬉しげに言った。

百姓あがりの後妻として周囲からつめたくあつかわれる日々の中で、そのにとっては月に一度のお寺参りが唯一の楽しみだったという。

そのは浄土真宗を信心していた。愚伯は家の宗旨とは違ったが、そのが浄土真宗の寺に通うことを止めなかった。

「おかしなものでどんなにつらいことがあっても、お寺でお坊様のお話を聞いていると日だまりでほかほかと体が温まって眠たいような気になってしまいます。振り返っ

てみれば、わたしは悲しいことより、楽しいこと嬉しいことのほうが多かった気がしてありがたい心持ちになるのでございます」

淡々とそのが語るのを聞いて旭荘は思わず、

「なるほど、浄土真宗では在俗の篤信者（とくしんしゃ）を妙好人（みょうこうにん）と呼ぶそうですが、お母上はまさに妙好人でございまするな」

とつぶやいた。

そのは笑いながら、さようなことはございませんよ、と言った。

旭荘は明るい陽射（ひざ）しに照らされた境内に目を遣ってから詩を吟じた。

　花開けば万人（ばんにん）集まり
　花尽くれば一人（いちにん）無し
　但（ただ）見る　双黄鳥（そうこうちょう）
　緑陰　深き処に呼ぶを

花が開くと多くの人が集まって来るが、散ってしまえば誰も来なくなる。ただ、二羽の鶯だけが緑深い林の奥で鳴いている、という詩である。

その人生には苦しいことがあっただろうが、ひとが喜び、集まる花の季節だけがすべてではない。緑深く鳥の囀りを聞くのも人の在り様だろう、という詩だ。

「この詩には、いわば本歌があるのです」

旭荘は再び吟じた。

花開けば蝶枝に満つ
花謝すれば蝶還稀なり
唯舊巣の燕有り
主人貧しくも亦帰る

「これは唐の于濆の詩です。花が開けば蝶は寄ってくるが、花が散れば去って戻りはしません。しかし、燕は昔の巣に、たとえ巣がかかる屋敷の主人が貧しくても帰ってくるのです。言うなれば世間は浮薄で蝶のようにはなやかなところにしか集まりませんが、旧恩を忘れない燕のごときひともいるということではないでしょうか」

そのは穏やかにうなずき、春山は何事か考え込んだ。しばらくして茶を喫(きっ)し終わったとき、春山は膝を正して旭荘に向かい合った。

「これは、ご迷惑になるかもしれませんが、聞いていただきたい話がございます。わたしは舊巣の燕でありたいと思うのです」

真剣な口調で春山は言った。

「何なりと」

旭荘は気を引き締めて答えた。春山が言おうとしていることは尋常なことではない気がした。

「ふた月ほど前のことでござる。わが藩の家老渡辺崋山様とわたしの蘭学の師である高野長英先生が幕吏(ばくり)に捕らわれたのはご存じでしょうか」

春山が言おうとしているのは、幕府が蘭学者を弾圧した、

——蛮社(ばんしゃ)の獄(ごく)

のことである。

かたわらで、そのが眉(まゆ)をひそめた。

十一

渡辺崋山は蘭学者として大をなし、世間は、
――蘭学にて大施主
として蘭学者の総帥のように見なしていた。実際、蘭学に関心を持ち、崋山と交際する幕臣や儒者、文人は多かった。
幕臣では勘定吟味役、川路聖謨、代官の江川太郎左衛門、羽倉簡堂（外記）、さらに儒者、文人では紀州藩儒、遠藤勝助、高松藩儒、赤井東海、二本松藩儒、安積艮斎、津藩儒、斎藤拙堂などがいた。これらの人々は崋山とともに、
――尚歯会
という結社をつくり、政治を議したとされるが、それほどのことではなく、ただ集まって親睦し、蘭学について話し合っただけだった。
天保九年（一八三八）十月、尚歯会の席上で、イギリス船（実際には米国船）のモリソン号が日本の漂流民を送り届けるためにわが国を訪れた際、幕府がこれを打ち払

ったことが話題になった。

崋山と長英は、幕府が強大な軍事力を持つ西欧の船を打ち払ったことに危機感を抱いた。このため崋山は『慎機論』を、長英は『戊戌夢物語』を著して幕府による打ち払いを批判した。もっとも崋山は『慎機論』は中途までしか書かず、未完の草稿をひとに見せることもなかった。だが、長英は、

――有無の御沙汰もなく、いきなり鉄砲で打ち払うというような取り扱いをしている国は、凡そ世界中の国を見渡してもない

として長崎港にモリソン号の入港を認め、漂流民を受け取った上で、通商交易の要求については丁重に拒絶するのが国として理にかなった行動であると主張した。

当時の蘭学者の中心ともいえるふたりの考えはやがて幕府に知られた。

一方、幕府もまた江戸湾の防衛に腐心するようになっており、そのためには西洋事情に詳しい蘭学者の協力が不可欠だと考えた。しかし、これに反発したのが、実家が儒学者林家である目付の鳥居耀蔵だった。

崋山の蘭学が盛んになるにつれ、儒学の家である林家では反発を強めていた。崋山の交友には儒者も多かった。崋山の影響が儒者にまで広がっていくのを懸念したのが、林述斎の三男鳥居耀蔵だった。

鳥居は目付の職にあることを利用して崋山の追い落としを図った。この当時あった無人島渡航計画に崋山たちが関わっているとでっち上げて崋山と長英を告発したのだ。このため崋山は五月十四日に逮捕された。幕府の動きを知って姿をくらましていた長英も十八日には自首した。

幕吏は崋山の屋敷に踏み込み、『慎機論』の初稿を押収した。すでに長英の『戊戌夢物語』は幕府の手に入っていた。このためふたりは幕府を批判した罪に問われ、崋山は在所蟄居、長英は永牢を命じられた。

「渡辺ご家老も高野先生もわが国のことを真剣に考えられただけのことで、かような咎めを受ける謂れはないことは広瀬先生にはおわかりいただけましょう。特に高野先生は日田の咸宜園でも学ばれており、いわば広瀬先生の門人でもあるのですから」

長英は奥州胆沢郡水沢の生まれで、父は仙台藩領水沢の領主伊達将監の家臣だった。

代々、医をもって仕えた。

文政三年（一八二〇）十七歳の長英は、医学修業のため江戸に出、苦学しながら蘭方医学を学んだ。

文政八年（一八二五）長崎に赴きシーボルトの鳴滝塾に入塾、その翌年「ドクトル」の称号を授けられた。だが、文政十一年（一八二八）十一月にシーボルト事件が起こったため、連坐をおそれていちはやく姿をくらまし、日田を訪れて咸宜園に入門した。その後、各地を転々として文政十三年（一八三〇）十月に江戸に戻ったのである。

旭荘は長英と面識があったが、才気にあふれ、時に傲岸ですらあった長英をさほど好まなかった。また、蘭学者である長英が漢学の咸宜園にとどまったのは、

（シーボルト事件のほとぼりを冷ますためではなかったのか）

と旭荘は推察していた。とはいえ、一度、門人として名をつらねたからには、無下につめたくすることは思いもよらなかった。

春山は淡々と話を続ける。

「実は渡辺ご家老が捕らわれたとき、田原藩の江戸屋敷にいたわたしも謹慎を命ぜら

れました。田原の屋敷にも幕府の役人が入って家にあった蘭学の書はすべて没収されました。そのとき、屋敷には母がおりましたが、随分と怖い思いをさせてしまったようです」

春山の言葉を聞いてその は頭を横に振った。

「怖くはありませんでしたが、悲しくはありました。春山殿は国のためを思って学問をなさっているのに、どうしてお上にはわかっていただけないのでしょうか」

ため息まじりに言うそのに、春山は顔を向けて、

「蘭学にはまだまだ敵が多いのだからやむをえないのです」

と慰めるように言った。

しかし、そのには納得がいかないらしく、

「そうは言われても、良いことは良いことだと思いますよ。将軍様がどれほどお偉かろうと良いことを悪いことに変えることはできないはずではありませんか」

と言い募った。春山は苦笑した。

「母はかように申しますが、いくら言ってみても幕府には届きますまい。そこで、広瀬先生にお願いがあるのでございます」

「わたしにですか」

旭荘は戸惑(とまど)った。

「さようです」

春山は懐から一枚の書状を取り出して旭荘の前に置いた。

「ごらんください」

春山にうながされて旭荘は書状を開いた。しかし、その瞬間、旭荘は目を疑った。

白紙だった。

「これはいかなるものでございますか」

旭荘は鋭い目で春山を見て訊いた。

「伝馬町(てんまちょう)の獄中の高野先生より、わたしのもとに手紙が届きました。投獄された経緯を報せる手紙でございましたが、その手紙に一枚だけ白紙が添えられていたのです」

春山は意味ありげに言った。

旭荘は紙を陽の光にすかしてみた。そして眉をひそめてつぶやいた。

「これは角筆(かくひつ)で書かれていますな」

「そうだと思います」

春山は深々とうなずいた。

角筆とは古から使われてきた筆記具のことだ。象牙や竹の先端を細く削ったもので紙を押さえ、へこませて文字を書くのだ。仏典などで読み方を示すためのもので、一見、白紙にしか見えないことから秘密の連絡などにも利用された。

「どのようなことが書かれているのでしょうか」

旭荘が訊くと、春山はため息をついて答えた。

「それがわからないのです。牢屋に角筆があるとは思えませんから、おそらく爪で書いたものでしょう。詩なのかもしれませんが、それにしては長いように思います。それで、できれば広瀬先生にお読みいただき、高野先生の師である淡窓先生に内容を報せていただきたいのです」

「ほう、それはなぜでしょうか」

旭荘は訝しむように春山を見た。

「この度、渡辺ご家老や高野先生が咎めを受けたのは、もとはと言えば官学の林家に憎まれるところがあったからではないかと思います。しかし、広瀬淡窓先生も旭荘先生も蘭学にご理解がおありだと聞いております。もしおふたりが高野先生の獄中からの詩文を読み解き、同情とともに世に伝えていただければ、ふたりの赦免の助けになるのではないかと思うのです」

「さて、それは――」

旭荘は腕を組んで考え込んだ。たしかに淡窓は、

――宜しく漢を以て主と為し、異邦の学を以て之を補ふべし

と『六橋記聞』で述べており、漢学を主としつつも蘭学も学ぶべきだとしていた。

旭荘も、後に『九桂草堂随筆』で、

――今ハ洋夷ト交通ノコト起レリ。然レハ蘭学ハ必用ノ具ナリ

として蘭学の必要性を認めることになる。咸宜園で身分などに囚われない教育の場を目指してきただけに蘭学にも寛容だった。

旭荘もかつて林述斎に会ったことがある。あのおり、咸宜園の身分を問わない〈三

奪の法〉を非難されて反発を覚えた。

〈学問とは林述斎殿が言われたように、ひとを縛りつけ、押し留めるものではない、とき放ち、自らの道を歩ませるものだ〉

そう思えば、林述斎の次男である鳥居耀蔵が行っている蘭学者への弾圧に一矢報いたいという思いはあった。

しかし、同時に蘭学がこの国に何をもたらすのだろう、という危惧がないわけではなかった。

蘭学者はことさら、実用の利を言い立てるが、本来、学問というものは、ひとが生きる道を明らかにするものだろう。それはすぐに役に立つというものではなく、またひとが自らの生きる道を見出したからといって世に益するところがあるわけでもない。

聖人の行いとはすなわち、悪事をしないということに尽きるかもしれない。だとすると、短兵急に世に益するものを求める者からは、迂遠な道だと見なされるだろう。だが、ひとが自らを律した生き方をすることが本当に世に益しないだろうか、とも思う。

ひとの進む道が正しければ、世もまた、おのずから正しくなるのではないか。そう考える旭荘は、新井白石（あらいはくせき）が『西洋紀聞』で書いた西洋の学問についての一節を思い出す。

——ここに知りぬ、彼方（西洋）の学のごときは、たゞ其形と器とに精（くわ）しき事を。所謂（いわゆる）形而下なるもののみを知りて、形而上なるものは、いまだあづかり聞かず

白石が言うように洋学はすなわち実用の学として優（すぐ）れているだけなのではないか。ひとがいかに生きていけばよいのかについて言及しているという話をいまだに聞かない、と旭荘は思った。

だが、旭荘が黙（だま）っていると、桜餅を食べ終えた孝之助が不意に立ち上がり、よちよちと歩いた。

「これ、孝之助——」

松子があわてた時には、孝之助は紅葉（もみじ）のような手で旭荘の膝前に置かれていた紙をつまんで旭荘に渡そうとした。

孝之助はつぶらな瞳（ひとみ）で旭荘を見つめてにこりとした。引き戻そうとする松子を制し

て旭荘は孝之助を抱(かか)えた。

　孝之助はまだ紙をつかんでいる。

「そうか、そなたは高野殿の角筆詩文を読めというのか」

　旭荘はうなずいて、孝之助を抱えたまま春山に顔を向けた。

「わかりました。この詩文、読ませていただきます。いずれにしても、わたしも淡窓もいまの世で何が起きているのかを知らなければならないと存じます」

　旭荘の言葉を聞いて春山は静かに頭を下げた。

「ありがたく存じます」

　旭荘が手を放すと孝之助は紙を放り出して松子のもとに戻った。松子の膝にのった孝之助は、そのに笑いかけた。

「ほんに賢(かしこ)いお子じゃこと、仏様を見るような気がいたします。ありがたいことじゃ」

　そのはしみじみと言って手を合わせ、孝之助を拝むまねをして見せた。

十二

旭荘は、春山に角筆詩文を読み解くのに十日ほど欲しいと言ってから別れた。

家へと戻った旭荘はその日から文机(ふづくえ)に紙を置いて陽にかざし、裏から見るなどして読み解こうとした。しばらくため息をついた後、ようやく筆をとって文字を認(したた)めた。

茶を持ってきたまま、旭荘の様子を見ていた松子が静かに、

「読み解けましたでしょうか」

と訊くと旭荘は頭を横に振った。

「はっきりと読めぬ字ばかりだな。だからこそ鈴木殿も読めなかったのであろう。いまのところはっきりと読めたのはこの一句だけだ」

旭荘は紙を松子に示した。そこには旭荘の達筆で、

――苦辛世界秋風急

「苦辛なる世界、秋風急なり、と読むのであろう」

旭荘は文字を見つめて言った。

「何やら寂しい言葉のように思います」

「そうだな、ひょっとすると高野殿は処刑される日が近いと思っているのではあるまいか」

旭荘はつぶやくように言った。

「まさか、鈴木様のお話では高野様は永牢とのことでしたが」

「牢に入っている者の気持は別だ。永牢と言われてもいつか処刑されるのではあるまいか、と疑心暗鬼になるのではあるまいか」

旭荘は翳りのある声で言った。

「さようかもしれませぬな」

松子も悲しげにつぶやいた。

「それに気になることがある」

旭荘は声をひそめた。

「なんでございましょうか」

「高野殿の気魄は衰えてはおらぬような気がするのだ」

旭荘は目を光らせて言った。

松子が何も言えずにいると、旭荘は言葉を重ねた。

「高野殿は獄を脱そうと考えているのではあるまいか」

松子は目を瞠った。

「そのような大それたことを申されてよいのでございますか」

「よいとは思えぬが、そんな気がするものはしかたあるまい。もしそうだとすればこれは日田に送らないほうがよいかもしれぬ。もし、高野殿がまことに脱走いたしたならば、義父上を巻き込むことになってしまう」

旭荘は腕を組んで言った。旭荘は淡窓の養子となっているだけに、もし、万が一の時には身を挺して淡窓を守らねばならないと思っている。

高野長英が幕府によって永牢に処せられたからには、咎めは家族、親戚にまで及ぶだろう。さらには長英の師であった淡窓もまた幕府から嫌疑をかけられるかもしれない。

そんなときに、長英が獄中から発した角筆詩文を所持していることはまことに危ういことだと旭荘は思った。しかし、いったん預かった紙をどうしたらいいのか。

(鈴木殿に戻すわけにはいかぬ。かといって燃やすわけにもいかぬ)

どうしたものか、と旭荘は数日、煩悶(はんもん)した。


やはり、鈴木殿に戻そう、と旭荘が決意したのは約束の十日後だった。

文字を読み解こうとすることは止めていた。

しかし、文字を読み解くことを止めるのは、長英を見捨てることだと言われれば、どうしようもない、という気がしていた。

昼過ぎになって春山が訪れた。しかも驚いたことに、そのも一緒だった。

旭荘は松子とともに出迎えた。

すると、そのがまず口火を切った。

「本日はお詫(わ)びに参上いたしました」

深々と白髪の頭を下げるそのを訝しげに見た旭荘は、

「まずはお上がりください」

と客間に招じ入れた。そのと春山が客間に座ると、松子が茶を運んだ。そのが来たことを喜んで孝之助が客間をのぞきに来た。

そのが手招きすると孝之助はすぐに寄っていった。孝之助を膝にのせたそのは、

「先日はまことに失礼なお願いごとをいたしました」

と言ってまた頭を下げた。

長英の角筆詩文を託したことだろう、と推察はついたが、なぜそのから謝られるかがわからず旭荘は戸惑いの色を浮かべた。

かたわらの春山が苦笑して、

「母は、高野先生がわたしに送った手紙をひとに読ませようとしたのは悪しきことだと申すのです。たとえ手紙の文字は読み取れずとも手紙には出したひとの心がこもっている。手紙を受け取るとは文字を読むことではない。心を受け取ることであるのに、ひとに託すとは何事かと叱られました」

と言った。

「そうだったのですか」

うなずきながら、旭荘は胸が開けていくような気がした。

長英の角筆詩文を読み解こうとしていて、どこか困惑するところがあったのはこの

ためだったのだと思った。

長英が獄に入って間もなく送ってきた手紙である。衝撃と憤怒に満ち文意もまとめないうちに、ひたすら文字を連ねたのだろう。読み解こうとしても文意は通らず、獄を出ることを望む不遜な気魄が伝わってくるばかりだった。

旭荘はあらためてそのを見つめた。

「仰せの通りです。わたしもひと様の手紙を読み解こうなどと思い上がっておりました。恥ずかしい限りです」

旭荘に素直に言われて、そのは恥ずかしげに手を振った。

「そんなたいしたことではありませんのに」

そのが頭を振ると、松子が口を開いた。

「お母上様、おうかがいいたしてもよろしいでしょうか」

そのは驚いたように松子を見つめてからうなずいた。

松子は膝を乗り出して、

「先日、お母上様は生きてこられて、悲しいことよりも嬉しかったことのほうが多かった気がして、ありがたいと思う、と仰りました」

　そのは黙ってうなずく。松子はゆっくりと言葉を続けた。

「わたしもそうありたいと思うのですが、今、渡辺崋山様や高野長英様は謂れなき苦しみの中におられます。その方たちの苦しみを前にわたしたちは何もできません。それなのに、悲しいことよりも嬉しいことのほうが多かったと思ってもいいのでしょうか」

　懸命に語りかける松子の言葉をそのは黙って聞いていた。そして孝之助を膝から下ろして、

「母上のもとにお出でなさい」

と言って軽く背中を押した。孝之助は松子の膝にすがった。

　そのは松子に顔を向けて微笑した。

「わたしはある時、お坊様からこんな話をおうかがいしたのですよ」

　それはそのの地元の寺で法話があったときのことだ。

　本山から遣わされて各地を巡回してまわっていた正慶という僧侶が法話をした後、いつも熱心に話を聞きに来る、そのに目を留めた。

本堂での法話が終わり、帰ろうとしていたところだった。

「そなたは、いつも話を聞きに来られるが、なんぞ役に立ったことはありましたかな」

突然、正慶に訊かれてそのは戸惑って、

「格別、役に立ったと思うことはございませんが、お寺にいる間は、何やら心持ちが温かく感じられます」

と答えた。正慶はうなずいた。

「それなら、もうひとつ話してやろう」

そのが喜んで本堂の広縁に座ると、正慶は広縁に立ったまま遠くを見た。

「近頃、この近くの大きな橋が大雨で流されたそうだが、まことか」

そのはうなずいた。

「まことでございます。大層、役に立った橋でしたのに壊れてしまい、皆、困っております」

「橋が壊れるときは大水があふれて、さぞ凄(すご)い様であっただろうな」

「見た者から話を聞きましたが、茶色の水が濁流となって川からあふれそうになり、橋は大きな音を立てて崩れ落ちたそうでございます」

「そうか、そのとき月は出ていたのか」

そのは思い出しながら答える。

「はい、たしか出ておりました」

「では、濁流があふれ、橋が崩れる怖いほどの様であったのに、月の光は変わりなく注いでいたのだな」

正慶がさりげなく言うと、そのは、はっとした。

「そうです。心が千々に乱れるような恐ろしいことが起きているときでも月の光は常と変わらずに注がれておりました」

言い終えたそのはゆったりとした笑みを浮かべた。

「わかりましてございます。わたしたちがどのような嘆き、悲しみにあろうとも、仏の慈悲は変わりなく注がれているのでございますね」

そのが言うと正慶は立ったまま、

「わたしたちは煩悩の苦しみから逃れることはできぬ。ただ、仏は常にわたしたちを観てくださっている。そのことを知るのが大切なことなのだ。荒れた川はいつか鎮まり、橋はまた架けられる。わたしたちは永久に流れる川を見続けて生きていくのだから」

と言った。そのは正慶に頭を下げ、寺を辞去(じきょ)した。

大きな吐息をついてそのが話し終えると、松子はうなずいた。

「お話はわかりましてございます。それでもわたしは川のほとりに立って濁流を恐れ、橋が崩れるのを悲しむかと思います」

そのはやさしく答える。

「それはわたしも同じことです。わたしはふたりの子を亡くしましたが、その悲しみはいまだに癒(い)えないのですよ。わたしたちの悲しみは変わらない。それでも仏の慈悲はあるとわたしは思っています」

そのの言葉の奥深くにある悲しみを旭荘は感じ取った。

渡辺崋山はその後、在所の田原に蟄居(ちっきょ)した。暮らしが苦しかったため画業に専念して弟子たちが絵を売りさばいた。

三河国だけでなく、遠州まで弟子たちは絵を売りに行ったが、そのことが遠州浜松領主の老中水野忠邦（みずのただくに）に知られたのではないかと崋山は危ぶんだ。藩に迷惑がかかることを恐れた崋山は天保十二年（一八四一）十月十一日、自刃して果てた。

一方、高野長英は、獄中で郷党にあてて、

――蛮社遭厄小記

を著した。自分の無罪を訴えるとともに、蘭学者を弾圧した役人を非難するものだった。

長英は天保十五年（一八四四）六月末日に牢屋敷の小者に金を与えて放火させた。牢屋敷では火災が起きた際に、囚人たちをいったん解き放つ、

――切放し（きりはなし）

を行う。長英はこれを利用して逃げた。

その後、鈴木春山に助けられて江戸市中に潜伏して、『兵制全書』や『三兵答古知幾』などの翻訳を行った。

さらに宇和島（うわじま）藩主伊達宗城（むねなり）の知遇を得て、嘉永元年（一八四八）二月末に宇和島に赴いた。宇和島で蘭書の翻訳に従事したが、幕府に察知されたため、翌二年（一八四

九）正月に宇和島を去り、再び江戸に潜入した。

――沢三伯の名で医業を営んでいたが嘉永三年（一八五〇）十月三十日の夜、隠れ家に捕吏が踏み込んだ。このため長英は自殺して果てた。四十七歳だった。

長英をかばい続けた鈴木春山は、長英に先立って弘化三年（一八四六）に病で亡くなった。四十六歳だった。

そのは嘉永六年（一八五三）まで生きた。生涯で三人の子を失ったことになる。

十三

天保十三年（一八四二）一月――

寒気が厳しく、朝から霰が降った日だった。

「余計な口出しをいたすな」

旭荘は松子に声を荒らげると手にしていた茶碗を投げつけた。茶碗は松子の肩にあたり、茶が飛び散った。

松子は急いで着物についた茶を手拭でぬぐい、さらに畳の茶もふき取ったうえで、手をついて頭を下げ、

「申し訳ございませんでした」

と謝った。旭荘は声を震わせた。

「いつもお前は出過ぎたことを言う」

「お詫び申し上げます。お客様の前ですゆえ、これ以上はお許しを」

松子が悲し気に旭荘を見つめると、

「まだ、言うか」

旭荘はいきなり手を振り上げて松子の頰を平手打ちした。松子は倒れそうになりながらもこらえて、また手をつかえ、

「お許しくださいませ」

と額を畳にこすりつけた。旭荘は荒い息をして松子を睨んでいる。

「広瀬様、それではあまりにお内儀がお気の毒です」

旭荘が対座していた客の大村藩士、本田鉄八郎がうろたえて口をはさんだ。まだ二十代に見える、眉目秀麗な侍だった。

「放っておいてくだされ。家内は本田殿との大事な話にわきから賢しらぶって口をはさみました。あるまじき非礼でございます。打擲ぐらいですむことではございません」

「いや、それがしの申しようも悪かったのです。お内儀が不安に思われたのは無理からぬことです」

「もし、何かを思ったならば、客人が帰られた後に申せばすむことでござる。それなのに話の途中で口をはさむなど言語道断でござる」

旭荘はまだ顔を赤くして言った。

「いや、さようではございません。それがしが広瀬様のご返事をこの場で得ようと焦り過ぎました。日をあらためておうかがいに参るべきだったと存じます」

鉄八郎は松子に顔を向けて膝に手を置き、頭を下げた。

「それがしの慮りが足りず、奥方に辛い思いをさせました。申し訳ござらん。広瀬様のご返事は十日後にあらためておうかがいに参る。それまでによくお話しなされてくだされ」

松子は手をつかえ、

「こちらこそ、至りませんで、見苦しきところをお見せいたしました。お許しくださいませ」

と頭を下げた。鉄八郎は、いや、さようなことはお気になさらず、となおも言葉を重ねてから辞去していった。

鉄八郎を玄関まで見送った松子が客間に戻ってくると、旭荘は具合の悪そうな顔をしてそっぽを向いていた。

「もう一服、お茶を差し上げましょうか」

松子が落ち着いた声でさりげなく言うと、旭荘は、ああ、とうなるように応えた。間もなく松子は新たな茶を持ってきた。

旭荘は茶碗を手にしながら、松子の着物の濡れたあたりをちらりと見た。

「手をあげてすまなかった。しかし、客との話に家の者が口を差し挟むのは、非礼だぞ」

旭荘がぼそりと言うと、松子は頭を下げた。

「まことにさようです。思慮のないことをいたしました。お許しください」

松子が鉄八郎との話に口をはさんだのは、旭荘が鉄八郎の依頼に返事をしてしまいそうだったからだ。

武家との話でいったん返事をしてしまえば、もう取り返しがつかない。だから、旭荘が激昂して打擲することはわかっていたが、思わず差し出た口を利いたのだ。

そのことは旭荘もわかっていた。

だからこそ、鉄八郎の依頼に軽々しく答えようとしたことを松子に見透かされたようで、腹が立ったのだ。しかし、落ち着いて考えてみれば、おかげで鉄八郎に言質を与えずにすんで助かったのだ。

そのことの礼を言わねばならないのだが、それでは男の沽券にかかわる、と旭荘は苦い顔をして口を開かない。

松子はそんな旭荘を静かに見つめて、今日はこの話をするのはやめておいた方がいい、と思った。

旭荘は一時の興奮が冷めれば、沈着に物事を考える。自分が危惧したことについても十分に考えるはずだ、と思った。

この日、本田鉄八郎は、

「ぜひともわが大村藩に仕官なさいませんか」

と要請に来たのだ。大村氏は鎌倉時代から九州、肥前国大村の地頭で、戦国時代にはキリシタン大名として名高い大村純忠が出て長崎港を開港して南蛮貿易を行った。戦国の動乱をくぐり抜け江戸時代に入った大村藩の所領は二万七千九百七十三石である。

今の藩主は聡明とされる十一代大村純顕だ。純顕は藩政改革に取り組んでおり、藩士の学問を充実させたいと、高名な学者を盛んに招いていた。

それゆえ、旭荘を招きたいのだ、という話は尋常なもので、松子が不安に思うようなものではなかった。しかし、鉄八郎はさらに話を付け加えた。

実は、大村藩が招こうとしている学者は旭荘だけではない。もう一人、

――朝川善庵

という江戸の儒学者も招こうとしているのだという。

善庵は名を鼎、字は五鼎。天明元年（一七八一）、片山兼山の末子として江戸に生まれた。二歳のとき父を病で喪った。このため母の再嫁先の朝川氏を称した。

十二歳のころから学才を現し、養父に連れられて諸国を遊学し九州にも足を延ばした。文化十二年（一八一五）、清国の船が伊豆下田に漂着した際、代官の江川太郎左

衛門の招きにより、清国人と筆談して学識を世に示した。

学者としては荻生徂徠の学派が流行した後、宝暦、明和年間に流行した折衷学派である。

善庵の実父、片山兼山は朱子学、陽明学など旧来の学派にとらわれず、それぞれの良さを取り入れた折衷学を提唱したひとりだったから、いわば父譲りの系譜を引いた学者だった。

折衷学派は旧来の学派にとらわれないとは言っても古学派の荻生徂徠を批判し、ややもすると朱子学の本領である倫理を重視するところがあった。

そのためなのか、鉄八郎は、

「わたしはどうも朝川先生とは肌合いが合わぬように思います」

と言った。

「ほう、さようですか」

旭荘は興味深げに鉄八郎を見つめた。

鉄八郎は謹厳でみだりにひとを悪しざまに言う人柄には見えなかったからだ。

「さて、どう申し上げたらよいのか」

鉄八郎は首をひねってから、おもむろに善庵にはかような詩があります、と言って「范蠡載西施図」と題する詩を詠じた。

国を安んずるの忠臣国を傾くるの色
片帆倶に趁う五湖の風
人間の倚伏君知るや否や
呉越の存亡一舸の中

中国の春秋時代、呉と越の興亡に想を得た詩である。

越との戦いで敗死した呉王闔廬の子の夫差は、父の仇を忘れないため、薪の上で寝起きして復讐心を掻き立てた。

そして会稽山の戦いで越王勾践を降伏させた。これに対し、勾践は屈辱を忍んで助命を嘆願し、許されて国に戻ると寝室に苦い熊の胆を吊るして、これを嘗めて報復の志を忘れなかった。

その後、ようやく夫差を破ることができた。勾践を助けたのが智謀に秀でた范蠡であり、呉王夫差を魅了して国を傾けさせた美女が西施である。

呉越興亡の戦いの後、范蠡と西施は一艘の帆船に乗り、五湖の風をうけて去っていったという。人生は何が起こるかわからないものだ。呉越の苛烈な戦いのあげく男女が一艘の船に乗っているではないか、という詩だ。

呉が滅亡した後、西施は越に保護され、勾践は彼女を後宮に入れようとした。だが、范蠡が、西施は傾国(けいこく)の美女であり、夫差の轍(てつ)を踏まれるのですか、と猛反対したため西施は処刑されたと伝えられる。

だが、異説では西施はもともと范蠡と恋仲で呉の滅亡後、范蠡の許(もと)へ戻った。その後、范蠡は大商人となり、巨万の富を得て西施と共に安穏な余生を送ったともいう。

善庵の詩は范蠡と西施が越を去ろうと一艘の船にいる情景を描いたものだった。

鉄八郎が詠じるのを聞いて、旭荘は、

「よき詩ですな」

と穏やかに讃嘆した。しかし、鉄八郎は微笑(ほほえ)んで首をかしげた。

「さようでしょうか。わたしは呉越の興亡にちなむ漢詩でありながら、男女の機微にふれているところが気になります。少々、俗情に過ぎはしませんか」

旭荘はわずかにうなずいたが、特に言葉は口にしなかった。鉄八郎の言うことは旭荘も感じたところだった。

呉越の戦いと言えば春秋時代でもよく知られる激戦でそれだけに国を興(おこ)し保つことの難しさ、戦に負ければ国が亡びる過酷な歴史を表している。

そのような苛烈(かれつ)な戦史を男女が同じ船にいるという、言うならば粋な情緒に落とし込んでいいものだろうか。

真面目な武人なら疑問とするところだろう。旭荘にしても、男女の情を描こうとするならば、それにこだわった詩の方が良いように思える。

たとえば南宋の詩人、陸游(りくゆう)には、「沈園(しんえん)」という詩がある、と旭荘は思った。旭荘はさりげなく「沈園」を口にした。

夢は断たれ、香は消えて四十年
沈園の柳も老いて綿を吹かず
此の身、行く行くは稽山(けいざん)の土と作(な)らんも
猶(なお)遺蹤(いしょう)を弔(とむら)いて一たび泫然(げんぜん)たり

夢を断たれ、いとしい女の残り香も消えて四十年になる。沈園の柳も老いて綿のような柳絮を飛ばさなくなった。わたしもいずれは会稽山の土となろうとしているが、今もなお、昔の想い出の地である沈園を訪れると涙が溢れてくる。

陸游には二十歳のときに結ばれた唐婉という妻がいた。しかし、陸游の母が唐婉を嫌い、強引に二人は別れさせられた。

陸游も唐婉もそれぞれ再婚する。

唐婉と別れた陸游は都に上るが出世の道を阻まれ、さびしく帰郷する。沈園で、その時再婚した夫と散歩していた唐婉と偶然再会した。

陸游の不遇を知っていた唐婉は夫がかたわらにいたにもかかわらず、元の夫である陸游に酒肴を贈って慰めたという。

唐婉の心遣いとやさしさは深く陸游の胸を打った。

その後、唐婉は若くして亡くなる。

陸游は唐婉への思いを生涯、抱き続けた。この「沈園」という詩を陸游が書いたのは七十五歳のときである。

陸游は二十九歳のとき進士の試験で第一位をとったが、宰相秦檜に妨害されて殿試で落第させられた。陸游は硬骨で何事も筋を通す人柄であったことが権勢家の秦檜に疎まれたという。

陸游は秦檜の死後、三十四歳で官界に入ったが、出世を果たせなかった。しかし、陸游はつねに国を憂い、宋を侵略しつつあった金への徹底抗戦を主張し、

――千年の史策に名無きを恥じ、一片の丹心もて天子に報ぜん

と詩に歌う愛国詩人だった。さらに惰眠を貪り、侵略者である金と闘おうとしない権門に憤って、

――朱門沈沈とし歌舞を按じ、厩馬肥死して弓は弦を断つ

と非難して止まなかった。そんな剛直な詩人が別れた妻のことを晩年まで思い、悲しんだのである。

旭荘は陸游の詩を口にしたとき、ふと胸を締め付けられるような思いがした。

陸游の唐婉に対する思いが、自分の松子への心持ちと重なるような気がしたのだ。

それはひどく恥ずかしいことのように思えて、旭荘をうろたえさせた。

十四

旭荘の胸中の思いとは関わりなく、鉄八郎は善庵にまつわる話を続けた。

「実は、わが殿は藩政改革を進めておられます。特に外圧に備え、西洋銃を採用し銃隊を編成しての軍制改革を行おうとされているのです。ところが、守旧派でこれに反対した重臣、赤江三郎兵衛が殿の機嫌を損じ、蟄居の身となりました」

「ほう、さようですか」

旭荘は思いがけない話に眉をひそめた。

「しかし三郎兵衛は家老の稲田一族で、その勢力は無視できません。そして三郎兵衛は朝川様の門人でもあるのです。それゆえ、朝川様はわが藩の招請に応じた際には、必ず三郎兵衛の赦免を願われましょう。殿も敬っておられる朝川様の願いとあっては聞かぬわけには参りますまい」

「なるほど、それはそうでしょうな」

「それだけに、わたしは広瀬様のお力により、この動きを止めていただければ、と考え、わが藩にお出でいただきたいのです」

今回の招聘が藩内の抗争に関わりがあると聞いて旭荘は苦い顔をした。家中の争いは複雑な利害がからみあって、いずれが理であるとも非であるとも決め難い。そのような政争の渦に巻き込まれるのは学者として本意ではなかった。

しかし、せっかくの大村侯からの招聘を断るのもためらわれる。大名から招かれて禄をもらえば士分である。そのことだけでも旭荘にとっては大きかった。

（どうしようか――）

旭荘が考え込むと、鉄八郎は手をつかえて、

「この通りでございます」

と頭を下げた。武士に頭を下げられては断るわけにはいかない、と思って旭荘が承諾の返事をしようとしたとき、松子が口を挟んだのだ。

「旦那様、申し上げたいことがございます」

旭荘は突然、松子が言い出したことに驚いて何も言えなかった。

その間に松子は、旭荘がかねてから、いずれ、江戸に出て文人、学者として名をあげたいという宿望を抱いておいでであることを本田様にお伝えいたさねばならないのではございませんか、と一気に述べた。

たしかに旭荘は江戸に出ることを考えていた。

だが、もし大村藩の話を受けてしまえば、旭荘は肥前に赴(おもむ)かねばならず、江戸で名を上げる夢は忘れねばならないかもしれない。

旭荘は胸の奥で考えていたことを松子に言われて、かっとなり、怒鳴るとともに手を上げたのだ。旭荘は松子が淹(い)れた茶を飲みながら、

(わたしは陸游に遠くおよばない)

とぼんやり考えた。陸游ならば、たとえ出処進退に迷う時でも唐婉に手を上げたりはしないだろう。

十日後――

本田鉄八郎がふたたびやって来た。

このとき、旭荘は仕官の話は断ろうと思っていた。日田から大坂に出てきたのは、天下に詩人として名を馳せるためではなかったか、とあらためて思ったのだ。

鉄八郎を迎えた客間には先日同様に松子が控えている。

大村藩に仕えれば、兄の淡窓のように九州の儒者、詩人として世の中は見るだろう。功名心や出世欲ではなく、おのれの詩心を世に示したいとの旭荘の思いにはせつなるものがあった。

旭荘が断りを言おうとしたとき、鉄八郎は機敏に察したのか、手を上げた。

「あいや、仕官のこと、この場にてご返事いただく前に一度、国元においでいただくわけには参りますまいか。それがし、数日後には国元へ戻ることになっております。同行していただければこれに勝る喜びはございません」

鉄八郎は落ち着いた物言いで旭荘に仕官するか否かを決めるのは大村藩を見てからにしてくれと迫った。

「さて、それは――」

旭荘は、どうせ、断るならいたずらに引き延ばすべきではない、と思った。だが、鉄八郎の真剣な眼差しを見て、

（本田殿には何か考えがあるのではないか）

と感じた。さりげなくかたわらに顔を向けると、松子が目を見返してきた。同じような印象を鉄八郎から受けたのだということが、言葉にしなくともわかった。

旭荘は吐息をついて、

「ならば一度、御国におうかがいいたしましょう」

と答えた。断るにしても、それが礼なのではないか、と思った。

五日後――

旭荘は門人の潮田良平を供にして、鉄八郎とともに九州へ旅立った。

この日の朝、羽織に裁着袴、草鞋履きで脇差を腰にして笠をかぶって旅支度をととのえた旭荘に、松子は玄関で、

「日田にはお寄りになられますか」

とさりげなく訊いた。

「さてどうするかな」

旭荘が首をかしげると、松子は顔を寄せて、

「もし、難しいことがございましたら、淡窓様をお頼りされてはいかがでしょうか。淡窓様ならば難しいことも自(おの)ずから良きようにしてくださるのではありますまいか」

と囁(ささや)いた。大村に赴いて仕官の話が断りにくくなったときには、淡窓を推挙して切り抜けてはどうかというのだ。旭荘はじろりと松子を睨んだ。

「余計なことを申すな。義父上にさような面倒をおかけするわけにはいかぬ」

こめかみに青筋がたっていた。このとき、松子に手をあげずにすんだのは、旅の支度をすでにととのえ、鉄八郎との待ち合わせの刻限が迫っていたからだろう。

だが、玄関から一歩外へ出たとき、旭荘の胸は不思議に明るく晴れた。

いずれにしても松子は旭荘の身の上を案じているのだ。大村でどのようなことに遭遇しようとも自分はひとりではない。素直にそう思うことができた。

よく晴れた日で、玄関を出ると梅の香りがした。

鉄八郎は旭荘とともに大坂から海路をとり、筑前の博多に着くと、長崎街道に出て冷水峠(ひやみずとうげ)を越えて大村に向かった。

大坂を出て十三日後、大村藩領内に入った。大村藩の城は西彼杵(にしそのぎ)半島から大村湾に突き出た地に築かれた玖島城である。

初代藩主の大村喜前が豊臣秀吉の朝鮮出兵の際に立てこもった順天城にならって、三方を海に面した地に築いた海城だという。この玖島城を中心に、

本小路
上小路
小姓小路
草場小路
外浦小路

の五つの通りが整備されて、
——五小路
と呼ばれている。これらの武家屋敷の塀は色とりどりの海石を漆喰で固めた、この地方でしか見られない珍しいもので、〈五色塀〉と呼ばれている。大村を訪れた文人は、
——肥前大村には青黄白赤黒の五色の海石あり、甚だ美なり

などと書き残している。間近に見える大村湾の紺碧の海面は陽光に輝いており、城下を歩くと潮の匂いがした。

旭荘はいったん、鉄八郎の屋敷に入って着替えた。鉄八郎は、

「お疲れとは存じますが、広瀬様が着かれた旨を藩校に報告したいと存じます」

とうながして、旭荘を藩校の、

——五教館（ごこうかん）

に案内した。

大村藩の藩校は寛文十年（一六七〇）、四代藩主、大村純長（すみなが）によって九州で最も早く設（もう）けられた。当初は城内に置かれ、集義館、静寿園などと呼ばれたが、天保二年（一八三一）に本小路に移され、五教館と名称も改められた。五教とは孟子の教えにある、

——父子親あり、君臣義あり、夫婦別あり、長幼序あり、朋友信あり

の五倫の道を表すという。

五教館に向かうと藩校に通う少年たちとすれ違った。藩主のための瓦葺（かわらぶ）き黒門の

〈御成門〉があった。

通常の門をくぐり、校舎に入ると、若い武士が鉄八郎を見かけて近づいてきた。旭荘に頭を下げた若い武士は鋭い目を鉄八郎に向けて何事か囁いた。

「なに、もはや着かれたのか――」

鉄八郎は驚いた表情になった。そして旭荘に顔を向けると、当惑したように、

「すでに朝川先生がお出でのようです」

と告げた。

「ほう、それならばご挨拶いたさねばなりませんな」

旭荘は穏やかに言った。鉄八郎は眉をひそめてうなずくと旭荘を奥に誘った。

広間の講義室に続く部屋で四人の男が談笑していた。

鉄八郎が廊下に座り、

「本田鉄八郎です。広瀬旭荘先生をご案内いたしました」

と言うと、座敷の武士たちは、ほう、と言いながら顔を向けた。いずれも大身の重臣らしい武士たちだった。

その中に六十過ぎと思しき痩せぎすの男がいた。

頭を丸めており、丸顔で眉が薄く糸のように細い目をしている。

（このひとが朝川善庵だろう）

旭荘は見当をつけて頭を下げた。すると、男は、

――ほうほう
と梟が鳴くような笑い方をした。鉄八郎はちらりと旭荘を見て、

「朝川善庵先生でございます」

と告げた。旭荘は座敷に入って座ると丁重に頭を下げた。

「広瀬旭荘にございます」

旭荘が挨拶したが、善庵は黙っている。鉄八郎がたまりかねて、

――朝川先生
と声をかけると善庵は笑顔を消した。

「どうやら、大村藩はわたしがいらぬようだな」

とつぶやいた。善庵の言葉を聞いてまわりの武士たちがあわてた。

「先生、何を申されますか」

「さようなことはありませんぞ」

「殿は先生が招きに応じられたことを喜ばれております」

と口々に言った。しかし、善庵は旭荘を指差して、

「ならば、なぜかような者を招くのだ。わたしは漂着した清国人と筆談にて通訳いたした功により、将軍家に拝謁(はいえつ)をいたしておる。そのわたしが招きに応じて参っておるのに、なぜかかる田舎儒者を招かれる」

とひややかに言った。

田舎儒者と呼ばれて、旭荘はとっさに言い返すこともできなかったが、しだいに目が据わってきた。顔が紅潮したかと思うと、

「どちらが田舎儒者だ」

とうなるように言ってしまった。

「なんだと」

田舎儒者だと罵(のの)り返されて、善庵は蒼白(そうはく)になった。

「広瀬先生——」

鉄八郎が抑えようとしたが、その時には、旭荘は口を開いていた。

「名乗られぬゆえ、何者なのかは存ぜぬが、挨拶に返す言葉を持たぬとは、朱子のい

わゆる能く言う鸚鵡なり。しかるに自ら真儒と称す、というところですな」

旭荘は辛辣な言葉を吐いていた。

挨拶を返せないのは、鸚鵡のようにひとの言葉を繰り返すだけだからだろう、という皮肉だったが、さらに深い意味も込めていた。

官学の総本山というべき、林家は徳川家康に仕えてその才を現した林羅山によって始まる。林羅山は家康に仕える際、学僧としての採用であったため、剃髪することを余儀なくされた。

戦国から江戸初期にかけて、文筆を司る者の多くが僧侶だったため、羅山もそうしなければならなかったのだ。しかし、儒者が剃髪して僧侶の姿になるのは恥辱だった。

このため、〈近江聖人〉と呼ばれた陽明学者の中江藤樹は「林子剃髪受位弁」という文章で羅山を、

――朱子のいわゆる能く言う鸚鵡なり。しかるに自ら真儒と称す

と批判した。旭荘は剃髪している善庵に対して、藤樹の言葉を投げつけてあてこすったのだ。

しかし、善庵はにやりと笑って、

「鸚鵡か、面白い」

とつぶやいた。

まわりの武士たちがぎょっとすると、善庵は厳しい顔つきになって、

「ただいまの言葉は殿に申し上げよう。鸚鵡と罵(ののし)ったのは、林家にまつわる話を知ったうえでのこと。すなわち将軍家に仕える林家を軽んじたのだ。ということは、将軍家を軽んじたことにほかなりませんぞ」

鉄八郎があわてて、しばらくお待ちください、と訴えると、善庵はつめたい目をむけてきた。

「何をいまさらあわてられる。わたしが招聘に応じると知りながら、広瀬旭荘を招いた魂胆は知れておりますぞ」

善庵は嘲(あざけ)るように言って、まわりの武士たちを見まわした。その中のひとりが、膝を乗り出して、

「本田、そなたは朝川先生の推挙によって赤江三郎兵衛殿にお許しが出るのを妨(さまた)げたいのであろう。されど、どうやら思惑ははずれたぞ」

と言い放った。

鉄八郎は青ざめて口を閉ざした。

十五

「広瀬先生、申し訳ございませんでした。五教館に誰がいるかを確かめてから参るべきでした」

鉄八郎は屋敷に戻ると、旭荘に頭を下げた。旭荘は苦笑して、

「いや、相手の暴言に対して暴言で答えたのは、わたしの不徳でした。謝らねばならぬのはわたしの方です」

と言った。鉄八郎は頭を振った。

「いや、そうではありません。朝川先生を取り巻く重臣たちは、何としても銃隊を作ることを止めたいのです。だからこそ、あのような因縁（いんねん）をつけて、広瀬先生を陥（おとしい）れたのです」

「先ほどの暴言が銃隊と関わりがあるのですか」

旭荘が訊くと鉄八郎はうなずいた。

大村藩が藩政改革により、西洋式の銃隊をつくろうと考え始めたのは、昨年、長崎の砲術家、高島秋帆が、幕命により出府し、徳丸ヶ原で大砲四挺の実射と歩騎兵の演習を行い、大いに名声を博したからである。

高島秋帆は長崎町年寄高島四郎兵衛の三男として長崎に生まれる。父の後を継いで長崎会所調役頭取となった。このころ出島のオランダ人から西洋砲術を学び、高島流砲術と称えるようになった。

すでに佐賀藩と薩摩藩が高島流砲術を採用しており、幕府が取り入れたことによって高島流砲術はさらに広がろうとしていた。

だが、同時に高島秋帆に対する反発も出ていた。林家の血を引く江戸南町奉行の鳥居耀蔵が長崎奉行、伊沢政義と組んで秋帆を罪に陥れようとしているという噂があった。

この噂を知って銃隊を作ることに猛反対したのが、赤江三郎兵衛だった。そして善庵もまた鳥居耀蔵の動きを耳にして、藩主純顕に告げていた。

それだけに藩政改革を進めようとする藩士たちは、儒学者ながら洋学にも理解を示している旭荘を善庵に替えて藩校に招こうとしていたのだ。

しかし、そんな思惑は、善庵の巧みな駆け引きによって潰されてしまったのだ。それどころか、旭荘の暴言が幕府に伝わることを恐れる藩は旭荘をひそかに殺そうとするかもしれなかった。

その後、十日の間、城中ではこの問題をめぐって論議が続いた。

鉄八郎は、旭荘はまだ大村藩に仕えることを承知しておらず、たまたま大村に足を運んだだけだ、と主張した。

だが、藩の重臣たちは、招聘の話がありながら大村まで来たからには、すでに仕官したのも同然である。それならば藩士として責めを負わせてもいいはずだ、という考えに傾いた。

旭荘は鉄八郎の屋敷で城中の評定の結果を待つしかなかった。

（馬鹿なことになった）

旭荘は縁側で中庭を眺めながらため息をついた。

たとえ、善庵から挑発されたにしても、受け流せばよかったのだが、どうしてもそれができなかった。

おのれを偽りたくない、というのが、日田で塩谷郡代に苦しめられてきた旭荘の心持ちだった。しかし、このままでは、大村藩の藩士として詰め腹を切らされるかもしれない、と思うとさすがにいたたまれなかった。

松子と幼子の孝之助の顔がしきりに浮かんだ。

癇癪を抑えられなかったために、こんな窮地に陥ってしまった、とふたりに詫びたかったが、それもかなわないかもしれないと思うと、暗澹とした思いになった。

旭荘が呆然としていると、鉄八郎があわただしくやってきた。

「広瀬先生、淡窓先生と兄上の久兵衛様がお見えです」

鉄八郎は興奮した面持ちで言った。

「義父上が――」

旭荘は息を呑んだ。

どうして、淡窓が急に大村を訪れたのだろう、と訝しく思った。旭荘の苦境を知ってのことに違いないが、迷惑をかけてはいけない、と思って大村で遭遇したことを日田には報せていなかった。

それなのに、なぜ、と思ったとき、松子の顔がなぜか脳裏に浮かんだ。

「それは、松子殿が報せてきたに決まっているだろう」

客間で旭荘と会った淡窓は穏やかな笑みを浮かべた。かたわらで久兵衛もうなずいている。

「されど、大村で起きたことを松子は知りませんが」

旭荘は首をかしげた。

「女房というものは、亭主に何が起きるか、遠く離れていてもわかるものらしい。松子殿はそなたが旅立ってすぐにわたしに手紙を寄越(よこ)した。何か危ういことが起きそうだから、守って欲しいとな。それで、久兵衛に頼んで調べてもらったのだ」

淡窓が言うと、久兵衛が言葉を添えた。

「店の者を大村に遣(や)ってみたところ、そなたがもめ事に巻き込まれて一命も危ういかもしれぬというので、こうしてやってきたのだ」

旭荘はうなだれて、

「ご心配をおかけして申し訳ございません。されど、もはや手の打ちようがないかもしれません」

と言った。淡窓はうなずく。

「そうかもしれんが、できるだけのことはやってみよう」

淡窓は鉄八郎に顔を向けた。

「朝川先生とお会いしたいが、お取り次ぎ願えますか」

鉄八郎は緊張した顔で、

「承知いたしました」

と答えた。


翌日――

淡窓と久兵衛は連れ立って出かけていった。善庵とは五教館で会うことになっていた。

淡窓が帰ってきたのは、その日の夕刻である。

「どうやら片づいたぞ」

淡窓はにこやかに言った。

旭荘はあっけにとられた。林家への誹謗(ひぼう)だと声高に言っていた善庵がなぜ簡単に折れたのかわからなかった。

旭荘が礼を言った後で、どのように言って善庵を説得したのかを訊くと、淡窓はただ、頭を下げて頼んだだけだ、と答えた。

「しかし、それだけでは、とても――」

旭荘が不審げに言うと、久兵衛がさりげなく言った。

「兄上は言葉では何も言われなかった。ただ朝川善庵様に頭を下げ続けただけだ。一刻（約二時間）ほどな」

「一刻も――」

旭荘は目を瞠った。

淡窓は善庵と面会すると、何も言わず、畳に頭をこすりつけるほどに下げた。善庵が戸惑って、

「広瀬殿、それは何の真似でござるか。おやめくだされ」

と言っても、ぴくりとも動かず、頭を下げ続ける。かたわらで久兵衛も同様に手をつかえ、頭を下げた。

淡窓の這いつくばるような姿を苛立たし気に見ていた善庵は、やがて時がたつにつ

れ、感嘆の色を表情に浮かべた。

「それほどまでになされるのか」

善庵がつぶやいても淡窓の姿勢は変わらない。念じるがごとく、あるいは無心なままに頭を下げているようだ。

やがて善庵は大きなため息をついた。

淡窓は手を振って笑った。

「たいしたことではない。それでそなたの命が助かるなら安いものだ」

天下に名を知られた広瀬淡窓に頭を下げ続けられて、善庵も根負けしたらしい。

もはや、失言のことは忘れましょう、と言うと、

「兄弟の仲が良いことはうらやましゅうござるな」

とだけ付け加えた。その後で、久兵衛が藩の重臣の屋敷を訪ねまわって、十分な付け届けをしてきたのだ、という。

「これで、おそらく、どこからも文句は出ますまい」

久兵衛は鉄八郎に言った。

三日後——

城中の評定で善庵からの訴えが取り下げられたことが報告され、重臣の間から異議を唱える声も出ず、旭荘はお咎めなしとなった。

ほっとした旭荘が大坂に戻るために出立することになると、淡窓はせっかくここまで来たのだから、長崎にまわってみようと言った。

「さようでございますか。それではわたしだけ出立いたします」

旭荘が言うと、淡窓はうなずいた。

「大坂に戻ったら、梅にもよろしく伝えてくれ」

「梅とは誰のことでしょうか」

旭荘が怪訝な顔をすると、

「松子殿のことに決まっているだろう」

淡窓は真顔で言った。

「松子がなぜ梅なのでしょうか」

旭荘が訊くと、淡窓は静かに詠じた。

酔うて残梅の一両枝を折る
桃李の自ら時に逢うを妨げず
向来氷雪の凝ること厳しき地に
力めて春の回るを斡むるはついに是れ誰ぞ

酒に酔い、散り残る梅のひと枝ふた枝を手折った。桃やすももが季節を自ら選んで花を咲かせるのを妨げはしないでおこう。しかし、かねてからそうなのだが、氷や雪がはりつめた地に、花咲く春をよみがえらせようとけなげに努力しているのは誰なのか、という漢詩だ。

誰なのか、という問いの答えは桃ではない、すももでもない、すなわち梅ではないか、というものだろう。

「陸游の〈落梅〉ですか」

旭荘はつぶやいた。

「そうだ。そなたが氷雪厳しき地にいるとき、春をめぐらせようと、ひたむきに努めているのは松子殿だ。その思いをわすれてはなるまい」

淡窓に言われて、旭荘は頭を下げた。

鉄八郎の屋敷を出た旭荘は、ふと、

――向来氷雪の凝ること厳しき地に
力めて春の回るを斡むるはついに是れ誰ぞ

とつぶやいてからしっかりと歩き出した。

大村藩では旭荘にいったん、七人扶持(ぶち)を与えたが、間もなくこれを淡窓に与えた。

淡窓はその後、大村藩に仕(つか)え、藩校での教育に影響を及ぼしていった。

この年十月――
高島秋帆は逮捕されて江戸に送られ、鳥居耀蔵の手で取り調べられた。その後、評定所での吟味(ぎんみ)を経て弘化三年（一八四六）七月に、
――中追放
の刑に処せられ武州岡部藩に預けられた。

嘉永六年（一八五三）、アメリカのペリー艦隊が来航すると韮山（にらやま）代官、江川太郎左衛門の進言により赦免されて、江川のもとで大砲の鋳造にあたった。さらに講武所砲術師範にあげられて、幕府の軍事の近代化に寄与することになる。

一方、大村藩では、やがて渡辺昇（わたなべのぼる）ら尊王攘夷派の志士が輩出し、藩権力を掌握して活発な藩外行動を実践し、薩長連合を画策するなどした。

慶応三年（一八六七）には討幕派軍隊が成立し、薩長両藩と行動をともにして、倒幕へ踏み切っていく。

十六

天保（てんぽう）十四年（一八四三）五月――

旭荘（きょくそう）はあわただしく塾を閉めて江戸へ出た。

旭荘を江戸へ呼び出したのは前年末に来た一通の手紙である。この手紙は、

――羽倉外記（はぐらげき）

からのものだった。旭荘は手紙を読むなり、かたわらにいた松子に興奮した面持ち

で、

「喜べ、羽倉様がわたしをご老中、水野忠邦様に推挙してくださったぞ」

と告げた。松子は目を丸くして、

「まあ、さようでございますか」

と応じた。羽倉外記は、かつて日田代官を務めた羽倉権九郎の息子である。権九郎が大坂代官を務めていた寛政二年（一七九〇）に大坂城外の代官屋敷で生まれた。この年、権九郎が日田代官を命ぜられたため、生まれたばかりの外記は父母とともに日田に下った。

このため、外記は日田育ちだった。

権九郎は広瀬淡窓に四書五経の講義を受け、十歳になった息子の外記も共に淡窓から学問を学んだ。

淡窓と旭荘は羽倉親子と親しく交わった。

その後、父親の跡を継ぎ各地の天領の代官を務めていた外記は、老中水野忠邦の抜擢により御納戸頭兼勘定吟味役に就任して重く用いられていた。

淡窓が永世苗字帯刀を許されたのは、羽倉外記の推挽を老中である水野忠邦が公許したことによるものだった。

そんな外記が〈天保の改革〉を行って幕閣第一の実力者である水野忠邦に推挙してくれるという報せ(しらせ)に松子の喜び方が小さいのが旭荘は不満だった。

「わかっておるのか。水野様に用いられるということは天下の政(まつりごと)に関わることができるということなのだぞ」

旭荘は胸をそらして言った。松子はあわてて、

「わかっておりますとも、旦那様はこれからご出世なさるのです。まことにおめでとうございます」

松子は三つ指ついて丁寧(ていねい)に頭を下げた。

旭荘は思い通りの返事をしないと、すぐに手を上げる。だから松子は先手を打つつもりで頭を下げたのだ。

旭荘は複雑な表情になった。

「違うな」

憂鬱(ゆううつ)そうに旭荘はつぶやいた。

「違うのでございますか」

松子はなぐられないように用心しながら頭を上げた。旭荘は眉間に皺を寄せて、うむ、とうなずいた。

（おわかりになったのだ）

松子はほっとした。

旭荘が、胸中で幕府に仕えることでの出世など望んでいないことは、松子にはわかっていた。しかし、外記からの手紙で思わず、興奮したのは、やはり、世間での評判を気にする心がわずかながらあるからだ。

そのことに気づいてしまえば、苦い顔にならざるを得ない。

（旦那様は正直な方だ）

もし、旭荘が世間体を取り繕う人柄であったなら、たとえ松子の前でも外記の手紙に有頂天になった様子は見せないだろう。

しかし、旭荘は違う。

何事もあからさまに見せてしまう。気に入らないことがあると松子を罵り、手を上げるのもそのためだ。

儒学は君子が生まれたままの気持で振る舞わないように、おのれ自身を矯めていく学問かもしれない。しかし、それは所詮、自らの心を覆い隠し、悟り澄ました見せかけを身につけていくだけのことではないか。

それならば、旭荘のように、何も隠すところがなく、気づいたら、おのれの心の裡をさらけだした生き方の方が、

——聖賢の道

に近いのではなかろうかと松子は思う。だからといって、罵られ、ときになぐられることを快く思っているわけではない。

闘っているのだ。

旭荘は自分と闘い、松子はそんな旭荘と闘っている。それは果てしもない闘いで終わりがあるとも思えないが、夫婦であるということは、そういうことなのではないか。

外記の誘いに応じて江戸に行けば、その闘いはもっと厳しいものになるに違いない。

そう覚悟しながら、松子はまた、

——おめでとうございます

と言って頭を下げた。

旭荘は、ううむ、とうなり声をあげた。

外記の手紙をもらって、旭荘は大坂の塾を閉めて、江戸に出ることを決意し、門人たちに告げた。

門人たちは戸惑い、江戸に出るにしても塾はそのままにしてはどうか、と言った。それに対して、旭荘は頭を横に振った。

「いや、羽倉様は生半可な気持でひとを推挙される方ではない。羽倉様からの誘いに応じるからには不退転の気構えで江戸に行かなければならない」

旭荘は外記について門人たちに語った。

外記は天保八年（一八三七）、関東代官を務めていた。このころ、〈天保の飢饉〉が起きた。外記は代官として各地を巡視したが、この際に上州であるやくざ者が、飢えに苦しむ農民たちに金や米を配っていたことを知った。このやくざ者は、

——国定忠治
と呼ばれていた。外記は感心して、巡視の記録に、

——劇盗ヲシテ飢凍ヲ拯シム

と記した。外記は、後に国定忠治を称えて伝記の『赤城録』まで書いた。

国定忠治の本名は長岡忠次郎。

上州佐位郡国定村の生まれで天保五年（一八三四）、近郷のやくざの島村伊三郎を殺して信州に身を隠した後、上州に帰ってから一家を構えた。

子分、およそ五、六百人と称した忠治は、〈天保の飢饉〉に際しては私財を投じて農民を救った。このため忠治の縄張りには特に飢餓はなかったという。

だが、忠治はやくざ同士の争いによる殺人や賭博、関所破りなどの罪で取締りを受けて、しだいに追い詰められていった。手配された人相書によれば、

一　中丈殊外太り候方
一　顔丸く鼻筋通
一　色白き方
一　髪大たふさ
一　眉毛こく其外常躰、角力取共相見申候

中背で太っており、丸顔で鼻筋は通っている。色は白く、髷は大たぶさに結っており、眉が太く、相撲取りに見える体格だという。

忠治は捕り方の目をかいくぐって逃げ続け、ようやく捕縛されて大戸関所で磔になったのは、嘉永三年（一八五〇）十二月のことである。

処刑の前日、忠治は大戸加部氏醸造の銘酒を一椀、飲んでから雷のようないびきをかいて寝た。翌朝、同じ酒をまた飲んだが、さらに酒を勧められると、

――刑ニ望ミテ沈酔スルハ死ヲ畏ルル者之事也

と断ったという。

処刑される前に酒に酔ってしまうのは、死を恐れる者がすることだ、というのだ。

これらのことを外記は書き残しており、どのような人物を好んでいたかがわかる。

一方、外記は伊豆諸島なども天保九年（一八三八）に三カ月かけて関東代官として巡視した。

八丈島には外記の功績が伝わっている。すなわち、八丈島の海神の住む山として信仰されていた神止山のふもとは開墾されて麦畑になっていた。だが、その後、天災が頻発すると島民は、

「神の住処を奪ったための祟りではないか」

と騒いだ。外記は島民に対して、

「飢饉での飢えに備えるには開墾しないわけにはいかない。天災は神の祟りとなすべきではない。神が守るのは民であって土地ではないはずだ」

と諭したうえで神を拝する山をあらためて定めた。

そのうえで、すべては自分のしたことで、島民は関与していない。神の咎めがあるならば自分ひとりの身に負うべきものだという文章を刻んだ碑を八丈島に建てた。

人情の粋をわきまえた外記ならではの処置だった。

旭荘が外記について語り終えると、門人たちは鎮まって、それぞれに考えにふけった。

俠客の国定忠治をひととして認めるなど、本来、法を破った者を罰するべき幕府

の役人としては破天荒に過ぎるように思える。だが、外記はそれほど飢饉で飢え死にする者が出るのではないか、と恐れていたのだろう。

だからこそ、忠治が私財を投じて飢えた百姓たちを救ったことを讃えないではいられなかったのだ。

さらに、たとえ神の怒りにふれるかもしれないと思っても、八丈島の島民のために開墾を進めた外記の役人としての在り方には誰もが敬服するしかなかった。

やがて門人たちは、ひそひそと話し合った後、ひとりが膝を正して、

「先生、わかりました。さような方とともに政に尽くすことができるのであれば、潔く大坂の塾は閉められたほうがよかろうと存じます。たとえ、仕官されても門人はとられることと存じます。わたしたちの中で江戸に行くことができる者は先生を追って江戸にまで参り、教えを受けたいと思います」

と言った。旭荘は嬉しそうにうなずいた。

「おお、そう思ってくれるとありがたいな。学問の道に大坂も江戸もない。どこにいようと学ぶことはできる」

旭荘の言葉を聞いて門人たちが、

「まことに仰せの通りでございます」

「わたしたちも江戸へ参りますぞ」

と口々に答えるのを松子は隣室にひかえて聞いた。

旭荘が希望に満ちて話すのを聞くのは楽しかったし、門人たちの気持も嬉しかった。良いことずくめなのだが、松子は何となく気が沈んだ。

それは、夫がはるかな高みまで上っていくのを見つめる妻としての誇らしさとともに、どことなく寂(さび)しさを感じるからだ。

日田の咸宜園(かんぎえん)で旭荘とともに暮らしていたときは、どれほど塾生に囲まれていようとも旭荘は手の届くところにいた。

話しかければ、すぐに旭荘の答えを聞くことができた。たとえ旭荘が返事をしなくても、淡窓や久兵衛(きゅうべえ)ら広瀬家のひとびとの誰かが夫との間を取り持ってくれた。しかし、大坂に出てきてからはそうはいかなかった。

何かのことで旭荘との間に隙間風(すきまかぜ)が吹いても誰も間を埋めてくれる者はおらず、松子の方から謝ってしまう。

旭荘とともに江戸に行けば、虚(むな)しさはさらに広がるのかもしれない。

そんな心配も松子の胸の中に湧いてくるのだ。

十七

　旭荘は松子と孝之助をいったん日田に帰して、ひとりだけで江戸に出た。すぐに外記に会おうと思っていた。

だが、このころ外記は、生野銀山を視察、大坂の米倉を検し、鴻池ら富商に献金を奨めるために出張する直前で旭荘に会う余裕がなかった。

おそらく秋に江戸に戻るまで会えないことがわかった。

　このため、旭荘は深川冬木町で家塾を開いている蘭方医の坪井信道を訪ねた。信道は伊東玄朴や戸塚静海とともに江戸の三大蘭方医と称せられていた。この年、四十九歳。

　文化十年（一八一三）、十九歳の時、豊後日田の開業医、三松斎寿方に医学を学んだおりに、斎寿の紹介で広瀬淡窓の教えを受けた。このおり、日田で二年間を過ごしたが、いったん江戸に戻った後、文化十三年（一八一六）にも再び、日田を訪れて淡窓に学んだ。

このころ、旭荘はまだ十歳だった。だが、すでに学才を現しており、信道は旭荘の神童ぶりに舌を巻いた。

このため、信道はかねてから旭荘に江戸に出て家塾を開くことを勧めていた。今回、江戸に出ることはすでに伝えていた。

信道は旭荘が訪ねると大喜びで歓待した。

「旭荘殿が江戸に出てこられたからには、ぜひとも塾を開き、門人をとっていただきたいものですな」

温厚な君子人の風貌がある信道は穏やかな口調で言った。

「さようにいたしたいのは、やまやまですが、何分にも羽倉様のお話を聞いてからということになります」

信道はうなずいてから、眉をひそめて、何事か言うのをためらう様子だった。

「どうされました。何かあったのでしょうか」

旭荘がうながすと、信道は思い切って口を開いた。

「実は、水野様のことだがな」

「水野様がいかがされましたか」

旭荘は信道を見つめた。

「言わずにおこうかと思ったが、やはり知ってもらったほうがいいでしょうな。水野様は近頃、評判が悪いのです。あれでは老中首座にどれほど留まれるかおぼつかないでしょう」

信道はため息をついた。

「なんと。そうなのですか」

旭荘は愕然とした。外記の招聘により、江戸に出てきたのに、肝心の水野忠邦が失脚すれば、自分はどうなるのか、と思った。

信道は茶を喫してから話し始めた。

水野忠邦は天保五年（一八三四）に西ノ丸老中から、本丸老中に転じ、十年（一八三九）十二月には老中首座となった。それでも大御所の徳川家斉が在世中は、

――西丸御政事
と称されたように、家斉が実権を握っており、忠邦が幕政改革に着手することはできなかった。しかし、十二年（一八四一）閏正月に家斉が死去すると将軍徳川家慶の

厚い信任のもとで、家斉の側近を処分し、〈天保の改革〉に着手した。

忠邦は、改革の手始めとして「人返し令」を発した。この当時は農村から江戸に出てくる者が多く、このため幕府に入る年貢（ねんぐ）が減った。そこで江戸に滞在していた農村出身者を強制的に帰郷させたのだ。

さらに忠邦は高騰していた物価を安定させるため、株仲間を解散させて商品の流通を円滑にしようとした。ところが株仲間が解散させられたことでかえって経済が混乱し、景気が悪くなった。

これらの政策も不人気だったが、さらに評判が悪かったのが、江戸や大坂周辺の大名、旗本の領地を幕府の直轄地とする、

――上知令（あげちれい）

だった。忠邦にしてみれば、このころ外国船がわが国の近海に姿を見せており、海防問題を考えたうえでの対策だった。これまで江戸、大坂には、天領のほか、大名領や旗本領が入り組んでいた。そこで大名、旗本に領地を幕府に返上させ、かわりに、大名、旗本の本領の付近で替え地を与えようと考えたのだ。

言うならば、幕府の基盤強化策だったが、それまでの領地を召し上げられることへ

の大名、旗本の反発は凄まじかった。

信道から忠邦の評判の悪さを聞いた旭荘は、顔色を悪くしながらも、

「改革には痛みがともない、反発もあるのが通例です。水野様はそれを乗り越えられるのではありますまいか」

と言った。信道は何度も深々とうなずいた。

「まことに、まことに――」

だが、信道が旭荘を慰めるためだけに同意していることは口調からも明らかだった。旭荘は暗渠の底を覗き込んでいるような気がした。

孝之助とともに日田に戻った松子は旭荘からの便りを心待ちにしていた。しかし、なかなか届かなかった。

七月になってようやく旭荘からの手紙が来たが、それには、いまだに羽倉外記には会えずにいることと心配しないようにと短い文章で書かれているだけだった。

松子は何度も読み返した後、手紙を淡窓のもとに持っていった。

淡窓は書斎で手紙を丹念に読んだ後、顔を上げた。

「松子殿も案じられるであろうな」

やさしく淡窓に言われて、松子は目に涙が滲んだ。

「旦那様は真っ直ぐなお方でございます。羽倉様からお話があって、すぐにも仕官がかなうと思って大坂の塾も閉めてしまわれました」

「退路を断って江戸に出たというわけだ。旭荘らしいやり方だな」

淡窓は感心したように言って、茶をすすった。

「さようには存じますが、世間はそのような旦那様の気質をわかってくれるでしょうか」

松子に問われて淡窓は頭を振った。

「わかるまいな」

「それでは旦那様がおかわいそうでございます」

淡窓は微笑した。

「憐憫の情を抱いてくれるひとは少ないがゆえにありがたいのだ。この世に生まれてきた者は大なり小なり、おのれをわかってくれぬ場所で苦労せねばならぬものだ。そのことで世の中を変えようと思えば、まず自分が変わらねばならぬことを知るのだ。

それもまた学問というものだろう」

ため息をついて淡窓は言った。松子は悲しげに言葉を継いだ。

「ですが、旦那様は日田に戻りさえすれば、心豊かに詩想を練ることができると存じます。何も故郷を遠く離れた江戸で苦労されることはないと存じますのに」

松子にはたとえ外記から声がかかったにしても、旭荘が知る人も少ない江戸で苦労することへの痛ましさがあった。

だが、淡窓は平然として言葉を継いだ。

「旭荘が故郷から遠く離れたのであれば、故郷の方で旭荘を追いかけていけばいいだけのことであろう」

淡窓の言葉に松子は首をかしげた。

「故郷が追いかけるとはどういうことでございましょう」

淡窓は笑った。

「わからぬか、旭荘にとっての故郷とは松子殿のことだ。そなたがそばに行けば何より旭荘の心は落ち着くだろう」

「そうだと嬉しいのですが」

松子はようやく微笑みを見せた。

「その顔でいくことだ。ひとは猛きがゆえに強いのではない、家族のためを思うやさしさが苦難を乗り越える勇気をもたらすのだ」

淡窓はしみじみと言った。

旭荘はそんな勇気を持ってくれるだろうか、いや、わたしこそ、そのような勇気を持つことができるだろうか、と松子は思った。

八月のある日、旭荘は坪井信道の屋敷を訪れた。上方から戻らない外記について、何か信道が知ってはいないだろうか、と思ったのだ。

玄関口に立ったとき、履物からすでに先客がいるのだ、と旭荘は悟った。

訪いに応じて出てきた門人に、

「ご来客中なら遠慮いたす」

と告げた。だが、いったん、奥に入った門人はすぐに戻ってきて、おあがりください、と告げた。

旭荘はやむなく式台にあがり、奥へ向かった。

信道が客と会ういつもの部屋には、五十過ぎと見られる羽織袴の武士が座っていた。物腰などから武術で鍛えた体つきだとわかる。額が広く、眉があがった精悍な顔で色が黒かった。

信道は男を幕臣の、

――窪田清音

だと紹介した。清音は、通称、源太夫、修業堂と号した。幼少のころから武術の修行に励み、山鹿流兵法や田宮流剣術、関口流柔術を修行した。

二十三歳の時、芸術出精を賞せられて大御番に登用された。その後も甲州流、越後流、長沼流兵法を学び、宝蔵院流、無辺無極流槍術や小笠原流、日置流弓術なども修行した。このため天保七年（一八三六）には弓矢鑓奉行、その後、御広敷番頭、御納戸頭に累進した。

だが、旭荘にとっては、聞き覚えのない名前だった。信道が九州、日田で咸宜園を開いている広瀬淡窓様の弟の旭荘殿です、と紹介すると、清音は、

「その名は聞いたことがある」

と底響きする声で言った。

「兄をご存知でしたか」

旭荘がにこやかに訊くと、清音は苦い顔をした。

「いや、貴殿の名だ。羽倉外記殿が貴殿をご老中の水野様に推挙されたと聞いた」

清音はそれだけ言うと、顔をそむけた。

旭荘は戸惑ったが、ことさら訊き返すこともできずに口を閉じた。すると、清音は信道に顔を向けて、

「今日、お訪ねしたのはほかでもない。坪井殿はたしか長州藩のお召し抱えだったな」

と訊いた。信道はうなずく。

「六年前から藩医を務めております」

「さればだ、江戸から長州に逃げた男がいる。その男を連れ戻したいのだが、そのことを長州藩に頼んではもらえまいか」

清音は強い口調で言った。思いがけない頼みに信道は眉をひそめた。

「江戸から逃げたと言われるのは、どのような男なのですか」

清音は口をゆがめて答えた。

「刀鍛冶だ」

　刀鍛冶と聞いて、信道は目を丸くした。

「信州小諸の出で山浦環という名だ。九年前、江戸に出てきたのだが、なかなか見どころのある刀工ゆえ、わたしが面倒をみておった」

「その山浦殿がなぜ長州に走ったのですか」

「奴は南北朝時代の美濃の刀工、志津兼氏の作風を目標にしておった。なかなかの腕になったゆえ、わたしのはからいで一振り三両掛けの武器講を始めたのだ」

　武器講とは加入者から金を集め、刀ができるつど、くじ引きで渡していく講だった。刀工にはまとまった金が入るが、そのかわり、毎月のように刀を鍛えねばならなかった。

「あの男は休むことを許されぬ仕事が辛くなったのであろう。とうとう逃げ出した。その後始末でわたしも散々な苦労をしたぞ」

「さようなことでしたか。しかし、たとえ見つけても、そのような不始末をしでかしては、もはや江戸には戻れないのではありませんか」

　信道が訊くと、清音はにやりと笑った。

「いや、あの男には何よりも刀工としての才がある。あのような男は刀を鍛えずにはおられない。いずれわたしのもとに戻ってくるのだ。言うならば、才に引かれて生きるしかない男だからな」

山浦環は翌年には江戸に戻り、鍛刀の道に戻る。その際、名を源清磨と改める。四谷伊賀町に住んだことから、

――四谷正宗

と賞賛される名工になる。

清音はかたわらに置いていた大刀を手に取るとすらりと抜いた。

「これが、奴の鍛えた刀でござる」

白刃が不気味に光った。

たしかに、隙のない見事な出来栄えの刀だが、それだけに殺気が漂っている気がする。思わず旭荘は目をそらした。

清音は目敏く、それに気づいて、

「刀は武士の魂でござるぞ。なにゆえ、目をそむけられた」

と糾した。

旭荘は当惑した。それでも、ことさら言い訳めいたことは口にしたくなかった。すると清音はひややかに言葉を継いだ。

「先ほど、貴殿の名を存じていると申したが、そのわけをご承知か」

「いえ、存じませぬが」

旭荘は首をかしげた。清音が何を言おうとしているのか、と思った。清音はゆっくりと刀を旭荘に突きつけた。

「わたしは去年、水野様の前で羽倉外記殿と改革の方針について論争になった。いずれが勝ったわけでもないが、水野様はわたしを解任し、羽倉殿を御納戸頭に据えられた。つまり、羽倉殿の方針が水野様の御意にかなったというわけだ。そして、羽倉殿が推挙したのが貴殿というわけだ」

清音の目には殺気があった。

旭荘は清音の目を見返した。少しでも目をそらしたら、その瞬間に斬られるのではないかと思った。

「窪田様、ご冗談が過ぎまするぞ」

信道がさりげなく言った。しかし、清音は刀を納めようとはしなかった。

「無礼は承知しているが、いささか訊きたいことがある」

「何でしょうか」

旭荘は臍下丹田に力を込めて問うた。少しでも気をゆるめれば、斬りかかってくると思ったからだ。

清音は猛禽のような目で旭荘を見すえた。

「わたしは異国の船がわが国をうかがっているからには、もっと武を充実させてこその改革ではないかと水野様に申し上げた。それに対して羽倉殿は民の心を奮い立たせてこそ、国の守りができる。そのためには、民を豊かにして国力をつけねばならぬ。さらには学問を奨励して、民の心を研鑽しなければならぬと主張した。言うならば武の道と文の道、いずれをとるかということだ」

旭荘は静かにうなずく。

「さようでございましたか」

「そこで貴殿に問いたいのだ。貴殿は学者で詩にも長じておられよう。だが、かように白刃を目の前に突きつけられたとき、いかがされる。武の前に文は無力だと思わぬか」

「たしかに、たったいまはさようでございましょう」

旭荘は落ち着いて答える。

「たったいまだと」

「さようです。たったいま、窪田様はわたしを制することがおできになる。しかし、百年後、二百年後、いや千年の後までもわたしを制することがおできになりますか」

「どういうことだ」

清音に問われて旭荘は詩を詠じた。

天地に正気あり
雑然として流形を賦す
下は河嶽となり
上は日星となる
人においては浩然の気となり
沛乎として蒼冥にみつ

旭荘の声は凛乎として響き渡った。

「南宋の忠臣、文天祥の〈正気の歌〉の冒頭です。文天祥は南宋が元によって滅ぼされようとした時、戦い続け、ついに元軍に捕らえられ、宰相の地位と引き換えに降伏を迫られますが、決して応じることなく従容として刑に臨んだということです。そのような文天祥が詠ったのが、この詩です。ひとには正気というものがある。これある限り、何者にも屈しないのです」

清音は旭荘をにらみ据えたままで何も言わない。旭荘は言葉を継いだ。

「いま、窪田様は刀でわたしを制しておられますが、元軍を率いた皇帝の前に出たとき、この刀で制することができますか。囚われの文天祥は刀を持ちませんでした。しかし、彼の正気は元の皇帝を制し、その詩は時を超えていまもなお、ひとの心を奮わせています。文の力は決して武に劣るものではないのです」

旭荘が静かに説くと、清音は刀を鞘に納め、

「失礼いたした」

と言って頭を下げた。

十八

九月に入って、ようやく外記から呼び出しがあった。

旭荘が勇んで屋敷に行くと客間で会った外記は沈痛な表情だった。

「いかがされましたか」

旭荘が訊くと、外記はがくりとうなだれた。

「すまなかった」

旭荘は、嫌な予感がしつつ、

「水野様の身に何かがあったのですか」

と訊いた。

外記はうなずいた。

「この世のことはままならぬものだな。水野様は幕政を改革しようと懸命に働かれたが、却ってそれがひとびとの憤りを買った。ひとは今という時を変えられることを厭うもののようだ」

沈んだ外記の声を聞いて旭荘は目を閉じた。

「それでは水野様は――」

「間もなく老中職を免じられることになる。無論、わたしも同様だ。御納戸役を免職ということになろう」

旭荘は瞼(まぶた)を上げて外記を見つめた。

「それではわたしはいかがなりますか」

「まことにすまないが、旭荘殿の仕官の儀はかなわぬ」

外記は深々と頭を下げた。

その様を見て、旭荘は何も言えなかった。この世は難しい。ひとの思いがあれば、それで世の中が動くということにはならない。

ひとは他人の心を信じられないようにできているのかもしれない。その心をつなぐのが詩であるかもしれないが、奔流(ほんりゅう)のような時代の流れの中で詩に心を開くひとは限られているのだ。

「羽倉様、お世話になりました」

旭荘は手をつかえて頭を下げた。外記は案じるように訊いた。

「これからどうなされる」

「蘭方医の坪井信道様がかねてから江戸で塾を開くように勧めてくださっています。そのために江戸の学者、文人も紹介くださるとのことですので、まずは塾を開くことになろうかと思います」

「さようか、それはよい考えだ」

外記はわずかに微笑（びしょう）した。

旭荘は間もなく羽倉屋敷を辞去した。

門をくぐって外へ出て空を見上げると黒雲が渦巻いている。

（これは雨になるな）

旭荘は往来に出ると足を急がせた。間もなく強い風が吹き、雨が降り出して道は白く煙った。

この年、閏九月十三日、水野忠邦は御勝手取扱不行届きがあったとして老中を免職差し控（ひか）えとなった。

同月二十三日には羽倉外記も御役筋の儀において不埒（ふらち）の事ありという理由で免職となった。外記は御切米（おきりまい）八十石の内四十石を削（けず）られ小普請組（こぶしんぐみ）入りのうえ逼塞（ひっそく）という重い処分だった。

旭荘はこの年の暮れに坪井信道の屋敷での酒宴に招かれた。この席で旭荘は、

伊東玄朴

戸塚静海

林洞海

田上耕雲

らの学者と会って親しくなり、江戸での知己を多くした。この時、旭荘は日本橋に塾を開いており、信道は、嫡子信友を旭荘の門に学ばせた。

翌十五年（一八四四）七月——

松子が孝之助とともに江戸に出てきた。

この日を待ちかねていた旭荘は嬉しげに松子を出迎えた。

塾にはすでに門人が集まっており、江戸での暮らしも立つようになっていた。

松子は挨拶の後、感慨深げに、

「ご苦労なさいましたでしょう」

と言った。

「なに、たいしたことはなかった」

旭荘は笑って答えた。

「ですが、羽倉様の推挙にてすぐにでも仕官がかなうと思っておりましたのに」

松子は労わるように旭荘を見つめた。

「いや、そのことだが、考えてみれば、あのとき、すぐに水野様のもとで仕えておれば、水野様の失脚とともに野に下ることになった。それから塾を開こうとしても却って厄介だっただろう。いま思えば、運が幸いして、仕官がかなわなかったのだ」

旭荘はわずかに胸を張った。負け惜しみではあったが、本音でもあった。

実際、仕官がかなわなかったからこそ、捨てる神あれば拾う神ありで、信道が懸命に塾を開く手助けをしてくれたのだ。

外記の誘いは江戸に出るきっかけとなっただけで、ありがたいと思わねばならないと思うようになっていた。

「さようでございますか」

松子は穏やかに微笑した。

だが、そんな松子の顔色が少し悪いようで旭荘は気になった。

「どうしたのだ。長旅で疲れたのであろう。少し寝て休むがよい」

旭荘は気遣ったが、松子は、そうもしておられませんから、と着いたその日から立ち働いた。

もともと働き者の松子だけにそんなものかと旭荘は思った。

だが、その夜、枕を並べて布団に入った旭荘は夢を見た。

青白い鬼火が宙に浮いている。

ふわり
ふわり
と次々に鬼火が現れる。

やがて、その中のひとつが刀の切っ先に変わった。

旭荘は思わず刀の切っ先から逃げようとした。清音に刀を突きつけられた時とは、くらべものにならない恐怖があった。

体が震えてどうしようもない。

闇の中で旭荘は、

うわっ

と叫んだ。

自分の声でどきっとして旭荘は目覚めた。そして起き上がり、そばの松子の様子を見た。すると、松子が苦しげに息をしている。

「どうした」

旭荘はあわてて松子の額に手をあてた。

燃えるように熱かった。

旭荘は息を呑んだ。

十九

松子が寝込んでひと月がたった。

熱のため、夢うつつの日が続いていた。

不意に旭荘や孝之助の世話をしなければという思いに駆られて起きようとするのだが、眩暈に襲われて立つことすらできない。

焦(あせ)りを覚えながらも寝ついてしまうと、旭荘は思いがけないほどやさしく、熱が出たと言えばおろおろして医者を呼び、薬をもらい、一晩中、手拭(てぬぐい)を水でしぼって額(ひたい)を冷やすなどしてくれた。

「お眠りにならないと、お仕事に障(さわ)りましょう」

苦しい熱の下からそう言うと、旭荘は笑って、

「なに、いまは看病が仕事だ」

と言った。旭荘の思いやりがうれしかったが、それだけに、早く起き上がれない自分がもどかしかった。

薬を飲み、縁側からの昼の日差しに目をやりながら、病床でうとうとしていると、なぜかしら、自分の女としての在(あ)り様(さま)に考えが及ぶ。日頃は家事や子育て、旭荘の門人への気配りなどで忙しくしているから、考える暇(いとま)とてなかった。

(わたしは、これでよかったのだろうか)

旭荘は昔ほどではないにしても、何か気に入らぬことがあると、今でも松子に手をあげる。

幕府への仕官がかなうと思って江戸に出てきながら、あてにした老中、水野忠邦(みずのただくに)が

失脚し、政治の波に翻弄されるように行き場を失った。

学塾を開き、友人の学者たちの援助もあって、何とか立ち行くようにはなったものの、これからを考えると不安でないわけがない。

大坂にいたころは、遠いとは言っても、九州の実家とも文のやり取りは頻繁で、声が届くところに兄の淡窓や久兵衛がいる気がしていた。しかし、江戸に出てくると、日田は雲烟万里の彼方にある気がする。

もし、旭荘や自分に何かがあったとしたら、日田の咸宜園にその報せが入るのはひと月ほども先のことではないか。

そう思うと、限りなく心細い思いがした。それとともに、江戸に出てくるのではなかった、という悔恨に似た思いがあった。

旭荘が江戸に出るのは止むを得ないにしても、自分は孝之助を育てつつ日田で待てばよかったのかもしれない。

その方が孝之助も幼馴染の遊び相手がおり、学問については咸宜園で淡窓からみっちり仕込まれただろう。だとすると、孝之助のためには日田にいたほうがよかったのだ。

それでも、松子が江戸に出てきたのは、見かけによらず、寂しがり屋の旭荘が求めたからだった。

しかし、それだけではない。

旭荘の身の回りの世話を常にしなければ、妻としての務めが果たせないという思いがあった。旭荘が学者ではなく、普通の武士ならば妻は夫が江戸に出ても家を守るのが務めだと思えただろう。

だが、自分は旭荘に付き添うことでしか妻の座を守れない気がするのだ。旭荘の乱暴にたまりかねて前妻は出ていった。それだけに、自分は耐えてみせるという後添えとしての意地のようなものがいまもある。

そう考えながら、松子は自分の胸の内を覗き込んで、それだけではない、という声が聞こえる気がした。

女として旭荘にどう見られているのか、というひとには打ち明けることのできない疑問めいたものがあった。

旭荘はときおり、福岡の亀井昭陽の塾で学んだときのことを話した。そんなとき、旭荘の口から憧憬の念を込めて、

——少琹（しょうきん）

という女人の名が出ることがあった。

少琹は、寛政十年（一七九八）、亀井昭陽の第一子として生まれた。旭荘より九歳、年上である。

父に漢学や習字の手ほどきを受け、その才能は少女のころから開花した。

昭陽が少琹の才媛ぶりを見て、

「この子が男の子であったなら」

と嘆いたほどだった。

淡窓も亀井家を訪れたとき十二歳の少琹と会って、

——幼より青史に通じ、計画を善（よ）くし名誉あり

とその利発さに感心している。

少琹は成長してからは、昭陽の手伝いをした。十八歳で父の門下の医者で幼いころから慣れ親しんできた三苫源吾（みとまげんご）と結婚した。

亀井の別家を福岡の今宿に建ててそこで過ごした。詩だけでなく、絵にも堪能で梅、桜、竹、菊を描いた、

——四君子画

がひとびとからもてはやされた。

少琹と源吾が結ばれるにあたっては、おたがいに漢詩をやりとりしての相聞があった。

源吾は、少琹に次の詩を贈った。

二八誰が家の女
嬋娟真に可憐なり
君に王上点なくんば
吾出頭天とならん

二八とは十六歳のことである。十六歳の少琹に呼びかけ、まことに可憐だと褒めたたえている。

さらに王上点なくんば、とは夫がいない、という意味である。少栞に夫がいないのなら、わたしがなろうという求愛の詩だ。これに対して少栞はすぐに返詩を書いて贈った。

扶桑第一の梅
今夜君のために開かん
花の真意を知らんと欲せば
三更月踏んで来たらん

扶桑とは、わが国のことである。この国第一の梅があなたのため今宵、開こうとしております。花の真意を知りたければ、深夜に訪ねてきてください、という詩だ。扶桑第一の梅、と自らを昂然と言ってのけるたくましさとともに、女の側から、君のために開く、あるいはわたしの気持が知りたければ、深夜に訪ねて来い、という言い方はたとえ婚姻が決まっていたにしても、あまりに大胆だった。

旭荘は少栞の詩を口にした後で、

「この詩を読めば、少琹様はどれほど、大胆な女人かと思うだろうが、実際に会ってみれば、楚々として詩にあるように寒をついて咲く梅花のような方であった」

旭荘が何気なく言う言葉が松子の胸に影を落とした。

旭荘が女人に求めているのは、自ら詩を作り、夫とともに語り合える妻なのではないかという気がするのだ。

（もし、そうだとしたら、わたしは旦那様の思し召しにかなっていない）

旭荘は前妻に乱暴したことを悔い、その思いだけで松子に接しているのではないだろうか。

旭荘にとって妻は従順で家事に勤しむ女であれば、それでいい。それ以上のことは望まないのではないか。わたしには、とてものこと、

――扶桑第一の梅
などと言挙げすることはできない。たとえ、花だとしても、ひっそりとひとの目に触れぬように咲く、

――なずな
なのではないだろうか。そんなことを考えていると、旭荘が部屋に入ってきた。

「今日の具合はどうだ」

旭荘は心配げにのぞきこんだ。松子は元気が出てまいりました、と答えたかったが、声が出ず、わずかに微笑んだだけだった。

「まだ、よくないようだな」

旭荘は肩を落として、松子の枕もとに置いている小盥の水で手拭を洗い、よくしぼってから松子の額にのせた。毎日、厠へ行く介助もしてくれる。

「ありがたく存じます」

松子が言うと、旭荘は明るく笑った。

「夫婦ではないか。遠慮はいらぬことだぞ」

「それでも旦那様の勉学の妨げになっているのではないかと案じてしまいます」

かすれ声で松子が言うと、旭荘は笑った。

「さように気にしなくともよいのだ。わたしはそなたの看護をしながら学んでいるのだ。ひとは論語を読み、覚えているだけではしかたがない。聖人の教えにわが心を沿わせてなすところがなければ、いわゆる論語読みの論語知らずということになってしまうとわたしは思っている」

「さようなお心でおられるのですか」

松子が涙ぐむと旭荘は、ははっと笑った。

「などと悟りすましたようなことを言っているが、わたしは凡愚だ。何も悟ってはおらぬ。ただ、何も見えぬ白い霧の中をさ迷い歩いているだけのような気がするのだ」

松子はうなずいた。

自分も同じ思いだと感じた。それとともに、胸の内を話したくなった。

「少栞様のことをお聞かせ願いとう存じます」

「ほう、少栞様のことをか。なぜ少栞様のことを聞きたいのだ」

「わたくしは少栞様のような妻であったら、旦那様をもっとお助けできたのにと思うからでございます」

かすれた声で言う松子の顔を旭荘は不憫そうに見つめた。

若いころ、昭陽の塾で何度か顔を合わせたことがあった。清雅な女人でかたわらにいるだけで清々しい心持ちになった。

「そんなことを考えていたのか。しかし、少栞様も別な女人のようでありたいと思ったことはあったのだぞ」

「少琹様が？」

「そうだ。少琹様があのひとのように生きたいと言われた女人がいるのだ」

「どなたでございますか」

「原采蘋（はらさいひん）様だ」

「采蘋様――」

松子は息を呑（の）んだ。

原采蘋は、旭荘より、九歳年上である。

名は猷（みち）。寛政十年（一七九八）、筑前秋月（あきづき）藩の藩儒、原古処（こしょ）の娘として生まれた。

兄と弟がいたが、二人とも病弱だった。このため古処は、

「そなたが男子であったならな」

とため息をつきながらも才気煥発な采蘋に期待した。

古処の薫陶（くんとう）を受けて詩文を学んだ采蘋は、十代の半（なか）ばころより父とともに各地に旅した。

采蘋は旅をする際、髷（まげ）を結い、羽織、袴（はかま）の男装で帯刀していた。磊落（らいらく）な人柄で酒を好み、生涯独身を通した。

文政十年（一八二七）に古処が没して以後は、父の遺稿集出版を実現する目的もあって、単身で遊歴生活を続けた。九州、西国のみならず京坂や江戸や房総にまで足を延ばし、

菅茶山
頼山陽
梁川星巌
松崎慊堂

ら文人墨客と詩文を交わした。

采蘋は、うりざね顔の美人で背が高かった。酒豪で、一流の文人の前でも臆することなく朗吟した。

「昔、わたしは采蘋様に叱られたことがある」

それは、旭荘が福岡の亀井昭陽の塾にいたときのことだ。

二十

旭荘は十七歳で昭陽の塾に入った。

詩才が優れていることはすぐに昭陽に認められ、

――広廉卿ノ子謙吉（けんきち）（旭荘）ナル者来遊ス。妙ニ才藻有リ。年僅（わず）カ二十七ナルモ、詩境ニ老ユルコト頒白（はんぱく）ノ如（ごと）シ

と評された。頒白とは、頭髪の半ばが白いひとのことで、旭荘の才は老熟しているという意味だ。

師からこれほどの評価を得ただけに、旭荘は意気軒高として昭陽塾で勉学に励んだ。

ある日、客が塾を訪れた。住み込みの弟子であった旭荘が応接に出ると、長い髪を後ろで結んでたらした異風な若い武士だった。

「どちらさまでございましょうか」

旭荘が丁寧に頭を下げて言うと、武士は、くくっと笑った。

「采蘋です。昭陽先生にお目にかかりたい。いや、もしおられるようでしたら、少琹様とお会いしたい」

と告げた。旭荘は、頭を下げながらも、

（さいひんとはどのような字を書くのだろう）

と思った。

それとともに昭陽はともかく、すでに人妻である少琹に会いたいと臆面もなく言うのはどうしたことなのか、と思った。

そう考えながら武士を見つめた旭荘は急に顔を赤くした。胸のふくらみなどから武士が女なのだ、ということに気づいた。

「申し訳ございません」

旭荘は頭を下げた。

「何を謝っているのですか」

采蘋はからりと笑った。

この日、采蘋が塾に上がって昭陽と話をしているところへ少琹がやってきた。あらかじめふたりで打ち合わせていたのだろう。

一刻（二時間）ほど昭陽と話したふたりは、やがて座敷から出てくると、旭荘に向かって、

「百道（ももち）の浜を少しふたりで歩きたいのですが、供をしてください」

と少栞が言った。浜辺を散策しようということらしいが、ふたりだけの方が話がはずむだろうに、と思いつつ旭荘は、

「承知いたしました。お供いたします」

と答えた。その答え方が、しゃちほこばっている、と言って采蘋が笑った。

供を頼んでおきながら、笑うことはないだろう、と旭荘はむっとしたが、何も言わなかった。すると、采蘋は、いたずらっぽい目で旭荘を見た。

「面壁（めんぺき）九年の達磨大師（だるまだいし）のような顔をしていますね」

さすがに少栞が笑いながら、

「采蘋様、戯言（ざれごと）が過ぎますよ」

とたしなめた。采蘋は、ふふ、と笑うと先頭に立って歩いた。

松林を抜けて白い砂浜に出た。

浜辺に白い波濤が打ち寄せている。潮風に吹かれると、気持が洗われるように思えた。

浜に足跡を残しながら歩いていた采蘋が不意に、

「先日、こんな詩を作りました」

と言って詠じた。

閑窓軽暖にして雨空濛たり
煙は抹す前村万頃の中
酔裏詩を得るも字に題するに懶く
醒まさんと欲して徐ろに立つ柳梢の風に

春雨に煙る窓からは近くの村も見えない。酔って詩を書こうと思ったが、面倒くさい。しばし、外に出て柳の梢を過ぎる風にあたってこようか。

あたかも、唐の詩人白楽天のような酔いっぷりの詩だ。しかも酔っているのが、艶やかな采蘋だと思うと、詩の興趣がさらに増す。

「相変わらずお酒を召し上がるのですね」

少琹は微笑んで言った。

「はい、女だてらにと言われますが、そう言われると却って飲みたくなります。わたくしがわたくしであることを誰にも邪魔されたくはありません」

「采蘋様は相変わらずお強い。わたくしはうらやましく思います」

少琹がつぶやくように言うと、采蘋は、はっは、と声を高くして笑った。

「わたくしには扶桑第一の梅花と名のる勇気はありません。少琹様の強さこそ、わたくしの永年の憧憬です」

思い入れを込めて言った采蘋は、少琹の返事を待たずに、問うた。

「ところで昭陽先生の容態はいかがなのですか」

「はい、しばらく寝込んでおりましたが、近ごろはいいようです」

采蘋と少琹はひそひそと歩きながら話した。

「それでも、少し気がお弱りになったように思いました」

采蘋は案じるように言った。少琹はうなずく。

「やはり、そうご覧になりましたか」

「はい、そうでなければ、この間、手紙で教えていただいたようなことはなかったはずだと思います」

　采蘋はきっぱりと言った。

「どうしたら、いいのでしょうか」

　少琹はため息をついた。采蘋は、なぜかちらりと旭荘を振り向いてから、

「思ったままを言われたほうがいいように思います。昭陽先生は病で気が弱られて、ご自分の詩に自信を失われているようです。しかし、それは気の迷いに過ぎません。もし、昭陽先生の詩に及ぶひとがいるとすれば、日田の広瀬淡窓様だけです。その弟御ではありません。昭陽先生は淡窓先生の影を弟御に見ておられるだけなのです」

　と語気鋭く言った。

　采蘋が突然、淡窓の弟と自分のことを名指ししたことに旭荘は驚いた。何の話だろうと思っていると、少琹が振り向いた。

「突然、あなたのことを話してすみません」

　少琹は頭を下げた。

　なぜ謝られるのかもわからず、旭荘が戸惑っていると、采蘋が顔を向けた。

「昭陽先生は近頃、あなたの詩を大層、褒めておられるそうですね」

斬りつけるように言われて、旭荘はごくりとつばを飲み込んだ。

「わたしはまだ若うございますから、励ましてくださっているのだと存じます」

少琹は頭を横に振った。

「いえ、父はまことにそう思っているのです」

昭陽はすでに五十二歳である。それなのに、十七歳の旭荘の詩才を恐れ、憚(はばか)るところがあった。旭荘に対する文章で、自らの詩を、

——猶(な)ホ之レ文ノゴトシ、未ダ詩ノ域ニ入ラズ、詩ヲ読ムノ法ヲ以(もっ)テ看テ之ヲ笑フベカラズ

として、自らが書く詩はまるで文章のようで詩にはなっていない。そのことでわたしを笑ってくれるな、と言っている。

師というよりもすぐれた後輩に膝を屈した先達のようである。さらに、これらのことを口頭で言ったとき、旭荘の態度は、

――賢郎俛シテ対ヘテ曰ク、唯ト。其ノ実ハ蓋シ余ガ言ノ認メラレザルヲ傷ミ謗スルナラン

だったとしている。旭荘はおとなしく、はい、と答えたが、実は昭陽の作品が詩になっていないことを憐れむかのようだったとまで言っている。昭陽はこのことについて、

――唯ダ高明之ヲ裁断センノミ

であるから淡窓の判断を仰ぎたいとした。もはや、旭荘は弟子ではなく、自らを脅かす存在であるかのようだ。

「すべては、昭陽先生の戯言です。本気で受け取られては困ります」

旭荘が辛うじて言うと、采蘋はゆっくりと口を開いた。

「わたくしはあなたの詩を読みました。たしかに衆に優れています。しかし、飾りが

多く、才気だけが奔(ほとばし)っているとも見ました。なるほど、詩才は顕(あらわ)れていますが、あなたの魂のようなものはうかがい知ることはできません。詩句がすぐれていても、良い詩だとはわたくしは思いません。詩句に込められた心の深さこそが読むひとの心を動かすのです」

　旭荘はあえぎながら答える。

「わたしもさように思います」

　懸命な旭荘の言葉を聞いて、采蘋はつめたい笑みを浮かべてつぶやいた。

——賢郎俛シテ対ヘテ曰ク、唯ト

　ただ、口先で、はい、と答えているだけだろう、と突きつけたのだ。

　もはや、どう答えていいかわからず、旭荘が立ち尽くしていると、少琹がかたわらに寄ってやさしく言った。

「あなたには思いがけないことを言って申し訳ございません。あなたにとっては濡(ぬ)れ衣(ぎぬ)を着せられたような気持でしょうが、父が体の弱りからか、気も弱くなっているのはたしかなようです。あなたの才気が父を傷つけるのではないか、と心配なのです」

「わたしは決してそのようなことは――」

「わかっています。あなたはそのようなつもりではないでしょう。ですが、ひとは自分が思わないところでひとを傷つけているかもしれません。あなたは詩において大器となる方だと思います。それだけに知っておいていただきたいのです。ひとは才において尊いのではない。ひとを慈しむ心において尊いのです」

噛(か)んで含めるような少栞の言葉が旭荘の胸に染みた。

それとともに、たしかに昭陽が旭荘の詩を褒め称(たた)えるにつれ、自分の心に驕(おご)りが生まれていたと思った。

あるいは昭陽よりも自分の方が詩才において勝るかもしれない。しかし、もともと昭陽の父、亀井南冥(なんめい)は詩よりも文章に重きを置いた学者だった。

昭陽もその風を受け継ぎ、文章を研鑽(けんさん)してきた。それだけに、詩を書いても文章としての骨格が残り、すべてを説明しようとしてしまう。

そんなところだけを見て師である昭陽の大きさを見ようとしなくなっていた。これは恥ずべきことだ、と思った旭荘は顔を赤くした。

「わたしは未熟な愚か者です。お許しください」

旭荘は深々と頭を下げた。

すると、采蘋は海に向かって詩を詠じた。

水煙漠漠として望めども分ち難し
月は只関山笛裏に聞くのみ
吾に剪刀有り　磨けども未だ試さず
君が為に一割せん雨余の雲

雨が降り、何の景色も見えない。月は山に隠れているようだ。わたしの手には鋭いはさみがある。

あなたのために雨雲を真っ二つに断って捨てましょうか、という詩だ。勇壮な語気の中に女人のたおやかな美しさも漂っている。

少琹が抱えていた悩みはいま自分が断ち切った、と高らかに詠っているのだ。

旭荘は呆然として采蘋の後ろ姿を見つめた。

(わたしはこのひとに生涯、及ばないのではないか)

旭荘の胸にそんな思いが湧いた。

「采蘋様はいまも旅の空かもしれない。少琹様とは幼馴染ゆえ、助け合ってこられたのだ。それだけに相手が持っているものがよく見えたのではあるまいか。少琹様はどこへでも旅をする奔放(ほんぽう)な采蘋様を羨(うらや)ましいと思い、采蘋様は少琹様の地に足がついた堅実な生き方が眩(まぶ)しく見えたのだろう」

旭荘はふたりを思い出しながら言った。

「旦那様はどちらの方に心魅(ひ)かれたのでございましょうか」

松子に訊(き)かれて旭荘は苦笑した。

「おふたりはわたしにとって詩の先達であった。それだけのことだ」

「まことでございますか」

松子は真剣な眼差(まなざ)しを旭荘に向けた。

「やはり、ひとはおのれが手にしているもののことは思わず、持っていないもののことばかりを考えてしまうようだな。わたしはそなたを娶(めと)れて幸せであったと思っている。ほかの女人のことを考えたことはない」

　旭荘は淡々と言った。


　そうに違いない、と思って松子は胸を熱くした。しかし、それは少琹や采蘋のように自らの才に自信がある者がそう思えるのではないか。

　わたしのように誇りとするものがない者にとっては、おのれの手にしているものを思え、というのは悲しい言葉だ。

　そう思いながら、松子はうとうとと眠った。

　夢の中に髪を振り乱して目が吊り上がり、口が裂けた青白い凄まじい顔の女が出てきた。

　汗まみれになって目覚めた松子はなぜかしら、涙があふれて、止まらなかった。

　わたしは死ぬのかもしれない。

　旭荘に手をあげられながら、子供を育て、台所の片隅で懸命に食事を作り、家の中をきれいに掃除してきた、というだけの女で死ぬのだろうか。

　そんな思いが胸に湧いた。

二十一

松子の病状が回復しないことに旭荘はおびえていた。

まさか、このまま逝ってしまうようなことはないだろう。そんなことがあるはずがない。そう思いながらも、日々、痩せていく松子を見ていると胸の内に不安が渦巻いた。

（もし、松子がいなくなったらどうしようか）

それは考えるだけでも恐ろしかった。松子が何者かにさらわれていなくなってしまうように思えるのだ。

旭荘は李白の〈子夜呉歌〉という詩を思い出した。

秦地羅敷の女桑を緑水の辺に採る
素手青條の上紅粧白日鮮やかなり
蚕飢えて妾去らんと欲す五馬留連する莫れ

邯鄲（かんたん）（河北省）の人、秦氏に羅敷という娘があった。羅敷は邑人（ゆうじん）の王仁（おうじん）の妻となった。ある日、路傍で桑摘（くわつ）みをしていると趙王（ちょう）が台の上から見て羅敷を気に入った。趙王は羅敷を宴に呼んで奪い取ろうとした。このとき、羅敷は箏（そう）をひき「陌上桑（はくじょうそう）」の歌を唄って自らを留めようとするな、と趙王の望みを断った。趙王も思いとどまったという詩だ。

桑を摘む羅敷の手の白さが目に鮮やかで同時にせつなさを感じさせる。わが妻とは、そのようなものなのだ。せつなく、美しく、そして儚（はかな）さを持っているがゆえに、何としてでも守り、留めおきたいものなのだ。

それなのに、いま松子は病魔に侵されて立つこともままならないでいる。このまま白い手をつかまれて死の淵へと引きずり込まれたらどうしようか。

そんなことを思うと、旭荘はいたたまれず、夜もよく眠れなかった。ようやく明け方に寝ついたときに見るのは、松子がすっかり元気になって笑顔で家事に勤しんでいる姿だった。

そんなことを思うにつけ旭荘は自分がどれほど、松子を慈（いつく）しみ、頼りにしていたかがわかった。

少琹が言った、ひとは才において尊いのではない、ひとを慈しむ心において尊いのだ、という言葉がいまさらながら身に染みた。

そんな松子が病床で自ら(みずか)の在り様について思い悩んでいるのがわかるだけに、何とか言葉をかけてやりたいと思うのだが、どうしたらよいのか。

なによりも、ひょっとして松子が逝ってしまったら、どうしようという恐れが旭荘の胸に湧き、何かを考えるのを妨げるのだった。

旭荘は毎日、門人への講義の合間を縫(ぬ)っては松子を看病した。昨日より、今日は顔色が良いようだ、食事も進むようになった、とわずかな違いを大仰(おおぎょう)に言って、回復も近いと言葉にした。しかし、わずかな好転はすぐに一晩の熱でかき消され、また元通りになってしまう。

旭荘はしだいに寡黙(かもく)になっていった。

そんなある日、ふと門前にひとが立った。

門人に案内を乞(こ)う声が聞こえて、旭荘は立ち上がった。

聞き覚えのある声だった。旭荘が急いで玄関に出てみると、旅姿の武士が立っていた。

采蘋だった。

すでに四十七歳になるはずだが、髷は黒々として艶やかで顔の色つやもよく、豊麗な美しさを湛えていた。

「采蘋様――」

旭荘は式台にひざまずいて采蘋を見上げた。にこりとして采蘋は口を開いた。

「旭荘殿は江戸に出てこられたのですね。わたくしもしばらく江戸にいましたが、此度、九州に帰ることにしました。その挨拶に寄ったのです」

「秋月にお戻りになりますか」

「父はすでに亡くなりましたが、独り暮らしの母が近頃、体が思わしくないようです。散々、親不孝をして参りました故、いまさらではありますが、戻って母の身の回りの世話をいたします」

「さようですか」

旭荘が目を瞠ると、采蘋はくすりと笑った。

「わたくしが世間並みの親孝行をいたしてはおかしゅうございますか」

「いえ、滅相（めっそう）もない」

旭荘はあわてて手を振った。すると采蘋は真顔になって、

「ところで奥方様が病で臥（ふ）せっておられると聞きましたが、まことですか」

と訊いた。

「よくご存じで」

旭荘は息を呑んだ。

「九州から江戸に出て病床に臥す心細さは格別なものがあります。同じ九州の女子としてお見舞い申し上げたいが、ご迷惑でしょうか」

采蘋に言われて、旭荘は一瞬、逡巡（しゅんじゅん）した。松子は病んでおとろえた姿をひとに見られたくないのではないか。だが、先日、采蘋の話をしたとき、松子は関心を抱いていたように思えた。

旭荘は、采蘋に、

「しばらくお待ちください。家内に訊いて参ります」

と告げた。

「それがよろしゅうございます」

采蘋は落ちついた笑みを浮かべた。旭荘は慌てて、奥に行くと松子に采蘋が見舞いたいと言っていると話した。

「采蘋様が――」

松子は驚きながらも、

「お会いしとうございます」

と答えて旭荘に介添えしてもらうと病床で起き上がり、身づくろいをした。

旭荘は急いで玄関に向かうと、采蘋を招じ入れた。

奥座敷に入った采蘋は闊達な様子で、

「初めてお目にかかります。原采蘋と申します。旭荘殿とは福岡の亀井昭陽先生の同門でございます」

と挨拶した。松子が手をつかえて挨拶をしようとするのを制して、

「もはや、横になってくださ い。奥方様に無理をさせては見舞いにきた甲斐がございません」

松子は采蘋の勧めにしたがい、申し訳ございません、と言いながら横になった。

采蘋はじっと松子を見つめて、

「女子は病んで、何もできないことを殿方よりも辛く感じます。ですが、焦りは病を重くするだけのこと、お気を楽にされるのが、一番の薬でございますよ」

と言った。

松子は目に涙を浮かべた。

「ありがたく存じます。わたくしは家の中のことができないと、自分を用のないもののように思ってしまいます」

「さように思うことはいりません。わたくしは諸国をめぐって様々なひとに会ってきましたが、その中で感じたのはたったひとつのことでした」

「たったひとつのこと?」

松子は問いかける目をした。

「さよう、ひとはひとによって生かされているということ、そしてひとを生かすのは女だということです」

「女はひとを生かすのでしょうか?」

松子は采蘋に真剣な眼差しを向けた。

採蘋はうなずく。

「女が子を産むからだけではありません。わたくしは誰にも嫁さず、子をなしませんでした。それでも女としての役目は果たしたと思っています。それは出会ったひとをいとしく思い、慈しんだからです」

「ひとを慈しむ――」

「ひとは誰かに慈しんでもらえなければ生きていくことができません。たとえ、血がつながらずとも、誰かに慈しんでもらえば生きていけるのです」

「そういうものなのでしょうか。わたくしは学問もなく、旦那様の何の手助けもできなかったと悔やんでおりました」

松子は呆然としてつぶやいた。

「そんなことはありません。奥方様は旭荘殿が生きる手助けをしてこられたのです。それに勝ることはありますまい」

「まことに、そうなのでしょうか」

松子の頰に涙が伝った。

採蘋は静かに口を開いて詠じた。

独り幽谷の裏に生じ
豈世人の知るを願はんや
時に清風の至る有らば
芬芳　自ら持し難し

「広瀬淡窓先生の蘭という詩です。山奥に咲く蘭はひとに知られることを願うわけではありません。ただ風が吹くとき、はなやかな香を発するばかりです。蘭の香をかぎたければ、山奥に行くしかありません。蘭はただ咲くのみでいいのです」

　采蘋はそう言うと、旭荘に顔を向けた。

「奥方様はこれまで懸命に旭荘殿に尽くしてこられた方だとお見受けしました。今度は旭荘殿が奥方様に尽くす番であろうかと思います」

　采蘋の言葉を旭荘は鞭打たれるような思いで聞いて、思わずうなだれた。すると、采蘋は笑った。

「旭荘殿は昔と少しも変わられない。おやさしいが、おのれのやさしさをどのように見せたらいいのかわからず、立ち尽くすばかりです」

旭荘は顔を上げた。

「いかにもそうだと思います。どうしたらいいのでしょうか」

采蘋は微笑(びしょう)して答えた。

「自分のことを考えるのを止め、奥方様のことだけをお考えなさい。これまで奥方様はそうしてこられたのですから」

采蘋は松子の手を握り、励(はげ)ました後、去っていった。

松子はこの日、采蘋が見舞ってくれたことが、よほど嬉しかったらしく、その後も、

「采蘋様のお心がありがたい」

と何度も繰り返して言った。しかし、松子の病状は回復せず、しだいに食事もとれなくなっていった。

寝たままの松子は風呂に入ることもできなくなり、旭荘が湯につけた手拭で体を拭(ふ)いてやった。

ある日、旭荘は松子の体を拭こうとして、あまりに痩せたことに気づいた。このと

き、旭荘は、

——胸を撲ちて

慟哭した。そのあげく松子のそばに気を失って倒れた。その様を見た松子が門人たちに助けを求めた。

駆けつけた門人たちが、急いで旭荘を助け起こし、気付け薬を飲ませた。気を取り戻した旭荘は、松子に、

「取り乱してすまなかった」

と謝った。だが、このときも、旭荘の目からは涙が滴っていた。

松子は笑った。

「女房が病気をしたからといって泣く男のひとがどこにいますか」

松子に言われて旭荘は涙をぬぐった。

だが、そのときには、松子の目に涙があふれていた。

なぜこれほどに悲しいのだろう。

二十二

九月になった。

松子の容態はときおり、回復に向かうことがあった。そんなとき、松子は医薬の費用がかかることを心配して、

「もはや、お医者様はよいのではありませんか。あまりに費（つい）えがかかり過ぎますゆえ」

と言った。旭荘（きょくそう）は笑った。

「何を言うのだ。そなたの病が癒（い）えるのであればわが家は潰（つぶ）れてもかまわない。心配せずとも、来年四月には本復して日田（ひた）に帰るつもりで、それまでの費えのための百五十両をすでに用意した。安心してくれ」

松子は目を瞠（みは）って、

――百五十両

とつぶやいてから、嬉しげにうなずいた。

旭荘は穏やかな目で松子を見つめていたが、胸の内では、

（やはり、武蔵屋殿が持ってきた話にのるしかないかもしれない）

と考えていた。

松子が病に倒れてから日田の淡窓には、金を用立てて欲しいと頼んでいた。淡窓からはすぐに久兵衛が五十両を送ると伝えてきた。

日田でならば、五十両は大金だが、江戸で病に倒れれば、たちまち飛んでしまう金子であることは商人の久兵衛にもわからないのだ、と旭荘は思った。追加で金子を頼むのも気が引けると考えていて、ふと、先日、訪ねてきた武蔵屋長兵衛の話を思い出した。

武蔵屋は隅田川を越えた向島の小梅村にある料亭の主人だった。

六十過ぎの白髪で痩せた長兵衛が旭荘を訪ねてきたのは、書画会で揮毫をしてくれないか、と頼みに来たのだ。

書画会はこのころ料亭などで行われていた催しだった。

寛政四年（一七九二）に江戸、両国の料理茶屋万八楼で谷文晁、鈴木芙蓉らの席画会が行われたのが始まりと言われる。当時名の知られた画家や書家ら文人墨客が客

の前で即席に描き、それを鑑賞する催しである。

江戸においては両国の料理茶屋の座敷などを借り切り行われることが多く、客は料金を払って書画を楽しんだ。

寺門静軒(てらかどせいけん)が天保(てんぽう)三年（一八三二）に出した『江戸繁昌記』でも書画会のにぎわいぶりが紹介されている。

さらに歌川広重(うたがわひろしげ)の錦絵「江戸高名会亭尽」には隅田川が望める料亭の貸座敷で絵がいくつも吊られ、敷かれた緋毛氈(ひもうせん)の上に筆や絵具皿や筆洗などが置かれ、その場で絵を描く席画や書を揮毫する様子などが描かれている。

長兵衛はそんな書画会で旭荘に漢詩を書いて欲しいと依頼したのだ。

「俳諧(はいかい)や狂歌ならば作るひとは大勢おられますが、漢詩となると難しゅうございます。しかも、その場で漢詩をひねって、揮毫していただくなら、来られた客に大うけでございます。やっていただけますなら、五両お納めいたしますし、その場で書かれた漢詩も買われる客がおられましょうから、何枚か書いていただけば十両にはなりましょう」

一回の書画会で十五両が手に入るのだ、と長兵衛は言った。しかし、その時は書画

会のような場に出る気がなかった旭荘は、

「せっかくだが、わたしはさような場には向かぬ」

と断った。長兵衛は残念そうな顔をしてから、声をひそめた。

「ただいま十五両と申しましたが、実はもし、広瀬先生がお出でくださるなら、五十両出してもいいという方がおられるのでございますが」

「五十両――」

旭荘は目を瞠った。

書画会に出るだけで五十両とは破格の金額だった。旭荘が信じられないという表情をすると、長兵衛はしたたかな顔つきになった。

「はい、何分にも広瀬先生が水野様のお声がかりで江戸に出てこられたことは存じております。水野様が失脚されなければ幕府にお召し抱えになられたのは間違いございますまい」

「だが、そうはならなかった。わたしはどうやら、運が悪い男らしいな」

旭荘は苦笑した。

「されど、水野様は、近ごろ、また返り咲かれたではございませんか」

「ほう、よく知っているな」

　旭荘は感心して長兵衛の顔を見た。

「蛇の道は蛇でございますから」

　長兵衛はにやりと笑った。

　水野忠邦が失脚したとき、水野屋敷には暴徒が押しかけ、石を投げるなどした。老中首座として権力を振るった水野にとって思いがけない転落だった。

　ところが今年の五月、江戸城本丸が火災により焼失してから風向きが変わった。水野に代わって老中首座となった土井利位は本丸再建のため大名に献金させねばならなかった。だが、土井は温厚な性格でそのような辣腕家ではなかった。

　このため業を煮やした将軍家慶の不興を買った。家慶は六月には水野を復帰させ、再び老中首座としたのである。

　いったん、失脚した水野の復活は世間を驚かせていた。

「しかし、水野様が老中職に戻られたことと書画会に何の関わりがあるのだ」

　旭荘は首をかしげた。

「実は、書画会は近頃、書や絵を見るだけでなく、売り買いの場になっております。

その場で何百両という金が動くことがございます。しかも芸者を呼んで酒宴を開き、幇間や歌舞伎役者なども呼んで、大層、派手になっております。このままですと、いずれお上の咎めを受けるかもしれません。そこで水野様お声がかりの広瀬先生にお出まし願おうと存じたわけでございます」

「馬鹿な、わたしを呼んだからといって水野様が斟酌されるわけではないぞ」

苦笑いして旭荘は言った。長兵衛は頭を振る。

「いえ、さようなことはございません。広瀬先生の御名は日田で咸宜園を開かれている淡窓先生とともに江戸でもよく知られております。それも格調高き詩人としてでございます。書画会では、ぜひとも、淡窓先生の〈休道詩〉など揮毫していただきたいものですな」

長兵衛はそう言うと、素養があるところを見せるつもりなのか、〈休道詩〉を吟じた。

道うことを休めよ
他郷苦辛多しと

同袍友有り
自ずから相親しむ
柴扉暁に出れば
霜雪の如し
君は川流を汲め
我は薪を拾わん

旭荘は馬鹿馬鹿しくなった。なぜ、わざわざ淡窓の詩を書かねばならないのだと思った。しかし、もし、書画会に出たとしても、金の取引があるような場所で自分の詩を書きたいとも思わなかった。

（いずれにしてもわたしには不似合いな場所だ）

そう思って旭荘は長兵衛の依頼を断った。しかし、松子が倒れて薬代がかかるようになってみると、のどから手が出るほど金が欲しい。いまさら、みっともないとは思ったが、長兵衛に頼むしかないと旭荘は腹を固めた。

翌日、門人に使いを頼んで武蔵屋に書状を届けさせた。すると門人はすぐに長兵衛の返事を持ってきた。それには、あらためて日時を連絡するので、その日に来ていただきたい、筆硯(ひっけん)はこちらで用意いたします、と簡略に書かれていた。

わざわざ訪ねてきて、頼んだときとは違う、素(そ)っ気(け)ない文面を見て、

(こちらから頼んで、足元を見られたか)

とは思ったが、いまさらやむを得なかった。ただ、先日依頼に来た際の、来てくれれば、十五両にはなるという話は大丈夫だろうか、と不安になった。あるいは、あの話はうやむやになり、初めの話の五両だけになるのではあるまいな、と案じた。

それでも、いったん決めたからには、行くしかない。旭荘は松子の枕元に座って、向島の書画会に行くことになった、と告げた。

松子は寝たまま旭荘に顔を向けて、

「わたくしの薬代のために無理をなさっているのではございませんか」

と心配げに訊(き)いた。旭荘は頭を振った。

「案じることはない。わたしもたまにはひとと交わりに出てみたいのだ。かような話が来るのも水野様が老中に返り咲かれたかららしい。だとすると、わたしにも、何かよい話が舞い込んでくるかもしれぬぞ」

希望を持たせるように旭荘は言った。しかし、実は学者仲間から、再び老中となった水野は精彩を欠いて、かつての面影はないという噂を聞いていた。

老中首座とはいっても、御用部屋でぼんやりとしている日々が多いという。実際、目付の久須美祐雋は、この時期の水野について、

——木偶人御同様

と書き残している。まるで木偶の坊のようだというのである。かつての鋭利な刃物を思わせた水野を知る者から見れば無惨な変わりようだった。しかも近頃では腰痛や発熱などの病を理由に登城しないことも多いという。

やはり、いったん政局に敗れ、失脚したことが水野の心に深い傷となって残り、その才気を奪ったのかもしれない。

それだけに水野が自分の力になってくれることはもうないと旭荘は見切っていた。

それでも、水野の名を出すことで松子を勇気づけて病から本復させたかった。

旭荘がなおも話しかけていると、松子は穏やかな寝息をたてて寝入った。ほっとした旭荘はそっと部屋を出ていきながら、何としても書画会で金を得ようと思った。

学者らしからぬ浅ましい振る舞いとひとから謗られてもかまわない。松子のいのち

を守るためなのだから、と自分に言い聞かせた。

長兵衛から手紙で指定された日、旭荘は向島に向かった。

大川橋を渡り、川岸の道を水戸藩邸の塀沿いに進んだ。やがて秋葉神社に出て、さらに林の道を進むと大きな瓦葺き(かわらぶ)きの家が見えた。

手前にも料亭らしい家があったが、こちらには〈大七〉という看板があがっている。旭荘はこの料亭を通り過ぎ、瓦葺きの家の前に立ち、入口から中に入った。土間に立つとすぐに仲居が出てきて、

「書画会のお客様でございますね」

と笑顔で言った。

旭荘の風体(ふうてい)から見当をつけたようだ。

「武蔵屋殿からお招きいただいた」

旭荘が答えると、仲居は丁重な物腰で奥座敷へと案内した。二十畳ほどの広さの座敷にはすでに武家や町人、僧侶などの客が十数人来ていた。

床の間の前で長兵衛は壮年の武士と話している。仲居に連れられて旭荘が近づくと

長兵衛はにこりとして迎えた。

「広瀬先生、ようお越しくださいました」

旭荘が座ると、長兵衛はいままで話していた武士に、

「日田で咸宜園を主宰されている広瀬淡窓先生の弟様で学問だけでなく、詩人として名高い広瀬旭荘先生です」

と紹介した。しかし、武士のことは告げようとしない。武士が自ら名のるのを待つつもりのようだ。

武士は額が広くあごが張って厳めしい顔をしている。武士は鋭い目を旭荘に向けた。

「それがし、元南部藩士にて斎藤三平と申す」

斎藤は野太い声で名のると、不意にからりと笑った。

「実は去年の十二月まで、小伝馬町の牢に入っておりました。牢屋暮らしが長かったせいか、どうも不穏な気配が消えません。お許しあれ」

旭荘は牢屋に入っていたと平然と言ってのける三平を茫然と見詰めた。

斎藤三平は奇骨のひとだった。

陸奥、盛岡藩の藩士で殖産興業に関心が深く、蝦夷地との交易を図ろうと港の整備

や銅の販売などを手掛けていた。だが、家中で嫉まれ、汚職の濡れ衣を着せられ、さらに毒殺されそうになったため、逃れて江戸に潜伏した。

盛岡藩では幕府に三平の捕縛を願い出、江戸町奉行所が隠れ住んでいた三平を捕らえて小伝馬町の牢に入れた。

南町奉行の鳥居耀蔵が直々、調べたところ、三平の無罪が明らかになり、牢を出ることができたのだという。

その後、三平は盛岡藩には戻らず、武蔵屋の近くの川魚料理亭、〈大七〉に身を寄せていた。

「もはや盛岡藩には戻られませんのか」

旭荘が問うと、三平は笑った。

「たがいに足を引っ張り合うだけの狭い家中には飽きました。それより、わたしは蝦夷地の開拓と海防についてできることをやろうと思っております」

三平の抱負に旭荘は感心した。

「ほう、さような志を立てられましたか」

「はい、これも小伝馬町に入ったからですな。生涯の師と思える方に牢でお会いしたのでござる」

　三平は深々とうなずいた。

「ほう、さような方が牢におられましたか」

「さよう、今の世は、有用なる者が牢に入り、無用な者が市井で安穏に暮らせるようになっておりますな」

　三平は皮肉な言い方をして、じっと旭荘を見つめた。

　牢になど入らず、妻の薬代の心配をして書画会で金を得ようとしている自分などは三平から見れば、

　——無用の者
　なのかもしれない、と旭荘は苦い思いを抱いた。

二十三

　書画会が始まると、絵師らしい男たちが緋毛氈のうえで紙に風景や女人などの絵を即席で描いていく。いずれも書画会に慣れているらしく手慣れた筆さばきだった。

旭荘がぼんやり眺めているとそばに来た長兵衛が、

「先生、次にお願いいたします」

と耳もとで言った。

旭荘はうなずきつつ、まるで見世物のようだな、と自嘲した。

それでも、呼ばれて中央の緋毛氈に座ると、紙を前に心を澄ました。たとえ、どのような場であれ、心の籠もらぬ字を書くわけにはいかない。

目を閉じて心を落ち着かせた後、まぶたを上げた。硯の墨をたっぷりと含ませた筆をとり、紙に向かった。

筆を走らせて一気に詩を書いた。

遠上寒山石径斜
白雲生処有人家
停車坐愛楓林晩
霜葉紅於二月花

晩唐の詩人杜牧（とぼく）の七言絶句、「山行」である。旭荘が書き上げると見物客の間から、ほう、と嘆声がもれた。さらにひとりの男の客が、

遠く寒山に上れば石径（せっけい）斜めなり
白雲生じる処人家（じんか）有り
車を停めて坐（そぞろ）に愛す楓林（ふうりん）の晩（くれ）
霜葉（そうよう）は二月の花よりも紅（くれない）なり

と詠（えい）じた。

もの寂しい山を上っていけば石の多い道が続いている。はるかに白雲が湧き上がるあたりに人家がある。

車を停めてそぞろ歩きすれば楓樹の林の美しさに目を奪われる。晩秋の霜で紅葉した楓樹は春の花よりも紅が鮮やかだ、という詩である。

詩を詠じたのは三平だった。三平は詠じ終えると、

「まことに美しい詩ですな。されど、もう少し、ひとの情も欲しい。女人の思いを詠（うた）

った詩を所望したいものだ」

とつぶやくように言った。文人に何を書け、と注文をつけるのは無礼である。日頃ならば、短気な旭荘は、

——わたしは芸者ではない

と怒鳴っているところだ。しかし、このときばかりは松子の薬代が要るのだ、と思い直した。

旭荘は再び筆をとった。

金風万里思何尽
玉樹一窓秋影寒
独掩柴門明月下
涙流香袂倚欄干

やはり、杜牧の詩、「秋感」である。またもや三平が詠じた。

金風万里思い何ぞ尽きん
玉樹一窓秋影寒し
独り柴門を掩う明月の下
涙香袂に流れ欄干に倚る

秋風が万里の彼方から吹き寄せる時、思いは限りなく募る。部屋の窓に槐樹の影が映って揺れている。月明かりの下、ひとり寂しく柴の門を閉ざし、二階の欄干にもたれて遠方の夫を思えば香をたき込めた袂にとめどなく涙が流れ落ちるという、離れてくらす夫を思う妻の思いを詠った詩である。

「ほう、これはなかなかに艶でござるな」

三平が無遠慮に言った。

旭荘は静かに筆を置き、

「盛唐の杜甫を大杜、晩唐の杜牧は小杜と呼ばれます。今日は小杜の心で詩を書いております」

杜牧は、字を牧之、樊川と号した。杜甫は襄陽の杜氏、杜牧は京兆の杜氏に属するが、遠祖はともに呉を討伐した西晋の名将、杜預である。

杜甫は〈安禄山の乱〉で揺れる激動の時代を生きたが、杜牧は崩壊寸前期の唐王朝に直面し陰鬱な苦しみとともに生きた。また、重い眼病の弟のために医療費を稼がねばならず、地方の小吏として務め続けた。そんな鬱屈が悲哀となったのである。

松子のために薬代を得ようとしている旭荘はそんな杜牧に共感を抱いた。だから、怒らないのだ、という意を言外に込めて、小杜の心でと旭荘は言ったのだ。

「なるほど、さようか」

三平は薄く笑った。

旭荘は胸に憤りを抱いたが、何も言わずに立ち上がった。書画会が開かれている部屋の八畳の隣室には茶席が設けられ、さらに料理の膳なども並んでいる。

何か声をかけようとする素振りの長兵衛を無視して旭荘は茶席に座った。宗匠頭巾をかぶった男が頭を下げて茶を点て始めた。

男が黒楽茶碗を旭荘の膝前に置いたとき、隣に三平が座った。

「ただいまは失礼いたした」

三平は軽く頭を下げた。三平の意図がわからず、旭荘は黙って茶を喫した。三平は

平気な様子で、

「無礼を承知であのようなことを言ったのは、広瀬殿を見極めたかったからでござる」

　黒楽茶碗を畳（たたみ）に置いて旭荘は応じた。

「何のためでございますか」

「それがしが牢で出会った師と仰（あお）ぐひとを助けるためです」

　三平の声音には真摯（しんし）なものがあった。旭荘はちらりと三平を見た。

　宗匠頭巾の男が旭荘の前の黒楽茶碗を引き取り、三平のためにゆっくりと茶を点て始めた。

「なぜ、そのようなことをわたしに話されるのです。あなたが師と仰いだ方はわたしとは関わりがありません」

「いや、あるのです。なぜなら、わが師はかつて日田の咸宜園で学んだからです。すなわち、広瀬先生にとっては弟子ということになります」

「なんですと」

　三平は顔を寄せ、あたりに聞こえるのを憚（はばか）って押し殺した声で言った。

「もうおわかりでしょう。わたしが小伝馬町の牢で出会い、師事いたしたのは、高野長英先生です」

旭荘は息を呑んだ。かつて田原藩の鈴木春山に獄中の長英から寄せられた角筆で書かれた手紙を読んで欲しいと頼まれたことがあった。あのときは、結局、春山の望みに応えられなかった。

そのことがいまも心に残っていた。だが、長英については、その後、驚くべきことを聞いていた。

旭荘は声をひそめて訊いた。

「高野殿は今年の六月に小伝馬町の牢が火事になって切放しが行われた際、戻らずに逃走したと聞いていますぞ」

旭荘が恐る恐る言うと三平はにやりと笑った。

「さようです。高野先生は牢屋敷の雑用をしていた男に金を与えて火をつけさせ、切放しが行われるよう仕向けたのです。これ以上、牢にいては獄死すると思われての苦肉の策でござったが、まことに豪胆ですな」

感心したように三平が言うと旭荘は眉を曇らせた。

牢屋敷では、

――赤猫

と呼ばれる火事が起きると、三日後に本所の回向院に立ち戻ることを条件に囚人の切放しを行う。もし、戻らなければ厳しい探索が行われる。

捕まれば当然、死罪だが、長英のように火つけを唆して破牢したことが明らかになれば磔、獄門となることは間違いない。

長英はあまりに危うい、逃走を選んだのだ。

長英の逃亡は江戸の蘭学者たちに衝撃を与え、さらに長英と関わりのあった儒学者たちを、ひょっとして関わりを疑われるのではないかと戦慄させた。

旭荘は臍下丹田に力を蓄えて訊いた。

「だが、高野殿が捕まったという噂はいまだに聞きません。だとすると、すでに江戸を出られたのでしょう。斎藤殿は助けると言っても何をされるのですか」

三平はじろりと旭荘を見た。

「お上の目を逃れ、逃げるのには何がいるとお考えか」

「わかりませぬな」

旭荘は頭を横に振った。三平は薄笑いを浮かべて、

「金子でござる」

と告げた。金がいるのだ、と言われても旭荘は驚かなかった。逃げるために何より金がいることは自明だからだ。

「では、高野殿に金を送ろうと考えておられるのですか」

旭荘が訊くと三平は大きく頭を縦に振った。

「いかにもさようです。江戸には高野先生と親しかった学者が蘭学だけでなく大勢、おられる。その方たちに奉加帳(ほうがちょう)をまわして金を集めたいところです。だが、仮にも牢破りをした高野先生のために大っぴらに金を出す方はおられぬでしょう。そこで考えついたのが、書画会です」

「書画会を高野殿に送る金のために利用しようというのですか」

「さよう、高野先生を助けたいという志のある方に書画を出品してもらい、同時に買っていただくのです。その金を送れば、随分と高野先生の助けになりましょう」

「しかし、逃亡している高野殿の行く先はわかるのですか」

旭荘は眉(まゆ)をひそめて訊いた。

「高野先生はわたしのもとに偽名で手紙をくださいます。それによっていまどこにおられるかを知ることができるのです」

三平は自信ありげに言うと、顔を寄せてきて、

「わたしはこのことについて武蔵屋に相談しました。もちろん高野先生のことは話しませんでしたが、わたしが金がいるのだと言うと書画会を思いついたのです。しかも武蔵屋はわたしにいい知恵を授けてくれました」

と執拗（しつよう）な口調で言った。

「ほう、どのような知恵でしょうか」

「高野先生の師である広瀬先生に書画会に出てもらうという知恵でござる」

「なんと」

旭荘は目をむいた。

「広瀬先生は水野様のお気に入りで仕官の話があったそうではございませんか。高野先生は大学頭林述斎（だいがくのかみはやしじゅっさい）の三男で洋学者を憎んでいた鳥居耀蔵によって罪に落とされたのです。しかも鳥居はそれまで走狗（そうく）となって仕えていた水野忠邦様を裏切ったのです」

〈天保の改革〉で水野忠邦は、

――上知令（あげちれい）

を発布しようとした。上知令とは江戸、大坂の十里四方を幕府直轄領とし、大名、旗本には代地を与えるというもの。諸大名や旗本の強い反対で撤回され、水野忠邦が失脚する契機となった。

鳥居耀蔵は、この際に水野の命運は尽きたと見て反対派に寝返り、老中土井利位に機密資料を残らず横流しするなどした。これにより、水野は老中の座からすべり落ちたが、耀蔵は生き延びたのである。

「ところが此度（こたび）、水野様は返り咲かれた。そして何をされているかというと、自分を裏切った鳥居耀蔵への報復でござる」

三平は嬉しげに言い切った。

「それはまことですか」

旭荘は信じられない気がした。あれほど専横な振る舞いが多かった鳥居耀蔵が追い落とされるということがあるのだろうか。

旭荘はかつて耀蔵の父の林述斎に会ったことがある。その傲岸（ごうがん）な様子にかすかに反発を覚えたことを思い出した。

　儒学者の家に生まれた耀蔵は学問での敵として洋学者を憎んだのかもしれない。

（しかし、それは中庸を重んじる儒学の道からは遠いのではあるまいか）

対立を好み、論敵を倒そうとするのは西洋の学問の根本ではなかろうか、と旭荘は思った。耀蔵が洋学者である渡辺崋山や高野長英を憎み、破滅させようとした様はあたかも敵を憎み過ぎて、むしろ敵に似てしまったからではないか、とさえ思えた。

　旭荘が複雑な思いを抱いていると、三平はさらに押し殺した声で話を続けた。

「水野様のお気に入りである広瀬先生が加わった書画会ならばお上の目もゆるやかになりましょう。まして、高野先生は広瀬先生の弟子でござれば、師が弟子の危難を見捨てることは決してないと存じますぞ」

　三平は押さえつけるように言った。

　旭荘は獲物を狙う虎に追い詰められたような気がした。だが、旭荘は三平の目を見すえて、一語、一語、力を込めて言った。

「お断りいたす」

　三平の目が猛々しく光った。

二十四

この日の夕方、旭荘は家に戻った。

留守の間、松子の看病をしてくれていた門人に様子を訊くと、

「今日はご気分がよろしいようで、お薬も起きて飲まれました」

ということだった。

旭荘はほっとして松子の部屋に入った。松子は寝床に起きて繕い物をしていた。

驚いた旭荘はそばに座るなり、繕い物を取り上げた。

「かようなことをしてはいかん。病に障るではないか」

松子は申し訳なさそうに顔を伏せたが、

「旦那様のお着物がほつれていたものですから」

と小声で言った。

「そんなことは放っておきなさい。着物がほつれたからと言って死ぬわけではないのだから」

そう言った後、旭荘は死という言葉を出したことに後悔して、すぐに話柄を変えた。

「今日の書画会では残念ながら五両しかもらえなかった」

旭荘が懐から小判の紙包みを出して松子に渡した。

十五両にはなる、と言っていた長兵衛は旭荘と三平の話が不調に終わると、あっさり前言を撤回して五両しか渡さなかった。

松子は五両を押し頂いて受け取った。そして旭荘をじっと見つめ、

「また、無理をなさったのでございますね」

と言った。

「無理などしておらん。詩文を書いてきただけのことだ。まわりの者に褒めてもらい、気分はよかったぞ」

旭荘は胸をはるようにして言った。しかし、松子は頭を振った。

「気に染まぬことをされたときの旦那様は声の調子でわかります。どことなく悲しげで胸の奥で泣かれているのがわかります」

「馬鹿な、わたしは泣いたりはせん」

強がって言ったが、松子が病に倒れてから、何度も涙を流してきたのを思い出して、

照れ隠しで顔をなでた。

松子は微笑して口を開いた。

「何があったのか、お話しくださいまし。口にしてしまえば、少しは気が楽になるのではありませんか」

諭(さと)すように松子に言われて旭荘はしばらく考えたが、やがて重い口を開いた。

「実は、書画会で斎藤三平という元盛岡藩士のひとに会った。斎藤殿はあることで小伝馬町の牢に入っていたが、そこで高野長英殿を師と仰ぐようになったそうだ」

「高野様の――」

高野長英を知っているだけに松子は不安げな顔になった。

旭荘は深々とうなずく。

「高野殿が三月ほど前に牢屋が火事になった際、解き放たれたまま戻らず逃げたことはそなたも知っていよう。斎藤殿は師である高野殿を助けるため書画会で金を集めようと考えたのだ。そしてわたしにその手助けをしてくれというのだ」

「なぜ旦那様がそのような手助けをしなければならないのですか」

「高野殿はかつて咸宜園で学ばれた。それゆえ、高野殿の師であるからには弟子を見捨てられぬはずだと申されるのだ」

「そのようなことを申されましても高野様はしばらく咸宜園におられただけですのに」

「そのことはわたしも言った。師弟といっても縁は薄い。高野殿にとっての師は国外追放になったシーボルト殿のはずだ、とな」

「それで、斎藤様は納得はしてくださらなかったのですか」

苦笑して旭荘はうなずいた。

旭荘が高野長英のために動くつもりはないと言うと三平は目を怒らせた。

「しかし、広瀬先生は書画会にくれば金が入ると思われてこられたのでしょう。おのれの利欲のためには動いても弟子のためには動けぬのですか」

問い詰められて旭荘は、妻の松子が病で薬代を得なければならないから出たくもない書画会に来たのだ、と話した。しかし、この言葉はさらに三平を激昂させた。

「何ということを言われますか。高野先生はおのれのために牢破りをされたわけではありませんぞ。異国の黒船がわが国をうかがい、国家の危機にあるいま、これを救うために洋学者としての知識を世に伝えようと命がけで逃亡の道を選ばれたのです。そのような高野先生を助けず、わが妻の薬代を得るための金を稼ごうとするとは、どういうことでござるか」

三平は、さらに、それでも学者なのか、聖賢の教えに恥じぬのかと罵倒(ばとう)の言葉を浴びせかけてきた。

旭荘は黙ってこれに耐え、書画会から辞去してきた。武蔵屋を出るとき、背中に三平と長兵衛のつめたい視線を感じた。

旭荘がそう話すと、松子は布団の上で手をつかえ、頭を下げた。

「よくぞ、耐えてくださいました。わたくしのために、そのような辱(はずかし)めに耐えてくださったのだ、と思うとありがたさに身が震える思いがいたします」

涙声で言う松子に旭荘は笑顔を向けた。

「さように言わずともよい。たいしたことではないのだから」

「いえ、さようではございません。旦那様ほど誇り高い方がさような侮(あなど)りを受けて耐えられてどのようなお気持であったかと思うと」

松子ははらりと涙をこぼした。

「さて、わたしだけでなく松子も泣き虫なのだな。わかったから、もう休みなさい」

旭荘に言われて、松子は素直に横になった。そして部屋から見える中庭に顔を向けると、ため息をついて、

「ひとつだけ申し上げたいことがございますが、よろしいでしょうか」

と言った。

「何なりと申せ」

旭荘も中庭に目を遣りながら言った。すでに夕暮れとなり、中庭も薄闇におおわれようとしていた。

「わたくしのように学問のない女子が口にすべきことではないと存じますが」

「さようなことはない。松子は賢い女子だとわたしは思っている」

旭荘がやさしく言うと、ならば、申します、と松子は思い切ったように言葉を発した。

「わたくしは身を捨てて世のために自らの学問を生かそうとする高野長英様は偉い方だと思いますし、それを助けようとする斎藤三平様も立派だと思います。ですが、妻のために薬代を得ようとして苦しい思いをされる旦那様もそれに劣らないと思うのです。わたくしのためにしてくださることだから、そう思うのではありません。旦那様

が学ばれている孔子様の教えは仁というやさしい心を大切にすることだと承っております。高野様も斎藤様も旦那様も皆、仁の心をお持ちなのです。だとすれば、誰が優れ、劣っているということはない、とわたくしは思います」

松子の言葉を聞くうちに、旭荘は頬を赤らめた。

そうなのだ、三平から面罵されながら、胸の中では松子が言うような仁のことを考えていた。

それなのに、面詰されてはかばかしく答えることができなかったのは、自分の胸の裡に牢破りの高野長英を助けて咎めを受けることを恐れる気持があったからだ。

いや、幕府の咎めを恐れる気持だけではない。そのような怯えを三平に悟られることにも忸怩たる心持ちがあった。

そんな心の陰翳が、妻のことを思うという仁の心を曇らせていたのではないか。かつて大塩平八郎の乱のことを聞いた時もそうだった。

大塩の決起を肯うわけではないが、その捨身の激しさに畏怖を感じた。あのころから、果たして、仁の心は世の中を変えられるのだろうかという思いが胸の底にわだかまっていた。

（わたしは妻のことだけを案じて泣く小人なのだろうか）

旭荘が黙って考え込んでいると、松子はさりげなく言った。

「旦那様、多くのひとを助けるのも、ひとりを救うのも同じことなのではございますまいか。わたくしにはさように思えてなりませぬ」

「そうであろうか。やはり多くのひとを助けた方がよいのではないのか」

旭荘は首をかしげた。

「それは現世だけのことでございましょう。ひとりには多くの先祖がおり、子孫もおるやもしれません。親がいなくて、この世に生まれるひとはいないのですから」

「それはそうだが」

旭荘がなおも考え込むと松子は言葉を継いだ。

「わたくしには、ひとりを懸命に救おうとするひとが本当に多くのひとを救えるのではないかと思います。ひとりを救わずに多くのひとを救うことはできないのではないでしょうか」

夫の傷ついた心を慰（なぐさ）めたいと願う松子の言葉が旭荘の胸を打った。

「そうだな、目の前のたいせつなるひとを救わずして、多くのひとを救うことなどできぬな。孔子様はさように考えられて仁を説かれたのだな」

旭荘は確信を持って言うことができた。

「さようでございますとも」

松子は中庭を見つめたまま、声を震わせて言った。泣いているのかもしれなかった。

旭荘の胸にある詩が浮かんだ。

「松子、わたしは今日の書画会で唐の詩人、杜牧の詩を書いた。杜牧に感じるところがあってのことだが、かような詩もあることを思い出したぞ」

旭荘は静かに杜牧の〈嘆花〉と題する詩を詠じた。

自ら恨む芳（ほう）を尋ねて到ること已（はなは）だ遅きを
往年曾（かつ）て見る未だ開かざるの時
如今（じょこん）風擺（ふる）いて花狼藉（ろうぜき）たり
緑葉陰（りょくようかげ）を成して子（み）枝に満つ

自分でも悔やまれる。春の花を訪ねていくことがあまりに遅かったことが。過ぎ去りし年、まだ花が咲く前に見ていたのに。おりしも風に吹かれて花々が地面に散る。見遣れば緑の葉が濃く陰を成し、枝には実が満ちている、という詩だ。

杜牧は若いころ湖州に遊んで十余歳の美少女を見初めた。妻にしたいと思い、娘の母親に結納金を渡して、

「十年の後にはこの地の刺史（長官）となって戻ってくる。その時、妻に迎えたい。もし十年待って、わたしが戻らなければほかの人に嫁がせてよい」

と告げた。

だが、杜牧が湖州の刺史になったときには、すでに十四年が過ぎており、娘は嫁いですでに子供も生まれていた。

杜牧は、落胆し、詩を賦りて以て自ら傷んだ、という。

なぜ、「花を嘆く」という詩が胸に浮かんだのか、と言えば書画会で面罵されて苦しんだ旭荘の気持を慰めようとする松子の心根に打たれたからだ。

そんな松子の花のような美しい心をいままで自分はどれほど見てきたのだろうか、と旭荘は思った。

「すまなかった」

旭荘は松子に頭を下げた。

松子は振り向かずに、笑った。

「何をさように妻に詫(わ)びられるのですか。わたくしは旦那様がこの世で詫びずともよい、たったひとりであろうとしていますのに」

松子の言葉を聞いて旭荘の目に涙が滲(にじ)んだ。

「詫びずともよいのか」

「はい、詫びないでくださいまし。わたくしはその方が嬉しいのですから」

松子の命はもう尽きようとしているのではないか。そう思うと、旭荘の胸に悲しみがあふれた。

旭荘は胸の中でつぶやく。

――自ら恨む芳を尋ねて到ること已だ遅きを
もはや、何も口にすることができず、旭荘は夕闇におおわれた中庭を松子とともに見つめた。

暗がりの中になぜか赤い花が浮いているのを見たような気がした。

この月、鳥居耀蔵は水野忠邦から咎められて南町奉行を免じられた。翌弘化二年（一八四五）十月には讃岐丸亀藩主京極高朗に預けられ、ここで明治を迎えることになった。

二十五

驟雨が続いていた。

旭荘は半ば呆然とする思いで松子の看病をしてきた。いつか、松子が回復し、以前の日々が戻ってくるのではないかと思っていた。

母が重い病だと知る孝之助は、通いの門人に相手をしてもらい、おとなしく過ごしている。母を恋いながら、母を案じて我慢している姿が旭荘にはひときわ不憫に思えた。

それでも松子の容態は日に日に悪くなっていく。

高熱が出て、せっかく食事がとれても吐いてしまう。厠（かわや）へ立つのもつらそうだが、旭荘が下の世話をしようとすると、恥ずかしがり、支えられながらなんとか厠までいく。そんなとき、松子が、

「もし、このままなら――」

とかすれ声でつぶやく。このまま治らないのであれば、いっそのこと死んだほうがましではないか。自分のことはあきらめて欲しいという思いなのだ、と旭荘は察して松子を支える手に力を込めた。

決して、あきらめたりなどするわけがない、という思いが手から伝わるのか、松子がそっと手をかさねてきた。ひやりとした手で、そのつめたさに旭荘の胸は震えた。

厠を終えて松子が出てくると、旭荘はまた体を支え居室に戻った。その間、松子は何度も、すみませぬ、と繰り返して言う。

寝床に横たわる松子を旭荘は無言のまましっかりと抱いた。松子は旭荘の肩に手をまわし、

「旦那様――」

とひと声だけ言った。考えてみれば、松子が寝ついてから、おたがいの言葉はひど

く少なくなっていた。

　それでも気持は伝わる。ふたりが同じ部屋の中にいるだけでたがいが何を思い、感じているのか沁みとおるようにわかるのだ。

　旭荘の心に悲しみが満ちる時、松子の目から涙が一滴流れる。旭荘が希望を見出したとき、松子は目をなごませるのだ。旭荘が、毎朝、

「今日のかげんはどうだ」

　と訊くと、松子は消え入りそうな笑みを浮かべて、

「昨日より、よろしゅうございます」

　と答える。今日のかげんが昨日より、いいわけはなかった。それでも松子は口辺に笑みを浮かべて、

「今日のほうがいい」

　と言うのだ。そのことが、旭荘の胸に突き刺さる。昨日より、今日のほうがいいのだ。人は常にそう思って生きてきた。

　今日のほうがいいと思わずにどうして生きていけようか。しかし、明日はどうなのだろう。

松子とともに生きる明日はあるのか。そのことに考えがおよぶと旭荘は下腹がつめたくなり背筋にひやりとしたものが走る。

それでもたまに具合がいい日があると、松子は近所を歩きたいということがあった。

この日、雨は止んでいた。しかし、すでに夕方である。

「夜風は体に毒だろう」

旭荘が案じると、松子は笑った。

「いまは昼の陽射しのほうがきついのでございます」

「そうなのか」

日暮れての外歩きは気持がよさそうだった。

旭荘は喜び、孝之助を呼んで、門人たちに留守をまかせて三人そろって近くを散歩した。

見上げると夜空に爪のような月がかかっている。

旭荘は松子の肩を抱き、支えて歩いた。

「旦那様、ひとが見ます」

松子は恥ずかしがった。

「何を言う。夫婦ではないか」

旭荘が力強く言うと、孝之助が、元気よく歩きながら、

「父上と母上は仲がいいですね」

と嬉しげに言った。

「そうだとも、父と母は仲がよいぞ」

旭荘は胸を張って孝之助に威張って見せた。そして、歩きつつ詩を詠じた。

今夜、鄜州の月
閨中只だ独り看るならん
遥かに憐れむ小児女の
未だ長安を憶ふを解せざるを
香霧に雲鬟湿ひ
清輝に玉臂寒からん
何れの時か虚幌に倚りて
双び照らされて涙痕乾かん

杜甫が四十四歳の時の詩である。この前年、唐では〈安禄山の乱〉が起きた。杜甫は長安で安禄山の叛軍に捕らえられ、幽囚の身となった。

そんな日々に遠く鄜州にいる妻への想いを謳った詩だ。今宵、鄜州にいる妻はわたしのことを思ってさびしく寝所にいるだろう。

そのかたわらには父が長安にいることさえわからない幼い子供たちがいることを思うと憐れである。妻は夜霧に豊かな髪をしっとりと濡らし、頬杖をつき月を眺めているだろう。妻の白い玉のような腕は月光に冷たく照らされているに違いない。

いつになったら、妻と二人であの薄いとばりの中に寄りそい、月光に照らされながら別離の涙を乾かすことができるのだろうか。

杜甫は妻を恋い慕い、会いたいと願いつつ、涙を流すのだ。

「杜甫という詩人も旦那様と同じように泣き虫だったのでございますね」

松子が笑いながら言うと、旭荘は、

「詩人は皆、泣き虫だ。いや、泣き虫だから詩人になるのかもしれんな」

と言いながら孝之助とつないだ手を大きく振った。孝之助ははしゃぎながら、

「わたしは泣き虫ではありません」

と言った。旭荘は笑った。

「そうかな、母上が寝ていると、台所の隅で泣いていたのは誰なのだ」

孝之助は、考えてから、

「それは父上です」

ときっぱり言った。

「そうか、わたしか――」

旭荘は微笑んで真っ直ぐに歩いた。


安禄山は唐の国土を蹂躙し玄宗皇帝は長安から蜀へ逃れた。その途中の馬嵬駅で愛妾の楊貴妃を殺され、玄宗は失意のうちに帝位を粛宗に譲った。

杜甫は「月夜」を書いた翌年、荒れ果てた長安に立ち、後世にまで知られた詩、

――「春望」

を詠んだ。

国破れて山河在り
城春にして草木深し
時に感じて花に涙をそそぎ
別れを恨みて鳥に心を驚かす
烽火三月に連なり
家書万金に抵る
白頭掻いて更に短く
渾て簪に勝えざらんと欲す

この詩を詠んでしばらくしてから、杜甫は長安を脱出して粛宗のもとに駆けつけた。粛宗は功を賞して左拾遺の官を杜甫に授けた。杜甫は壮年にしてようやく官吏としての地位を得たのである。

世の中の動きに翻弄されてきたということでなら、自分も杜甫と変わらないと思う。青雲の志を抱いて大坂へ出てみれば、〈大塩平八郎の乱〉が起き、世の中が揺らぎ始めた。

緒方洪庵という知己はできたものの、世の行く末がわからぬまま、ただひたすら学問をしているのが、不安ではあった。

かつて咸宜園の門人だった高野長英は〈蛮社の獄〉で捕らわれたが脱獄し、いまも行方が知れない。

長英の激しい生き方を思えば、自分は学問という名の砦に籠り、世の中と関わろうとしていないのではないかと恥じ入る気持もあった。

老中の水野忠邦に見出されて江戸に出てみると、頼りにした忠邦は失脚して仕官がかなわず、市井で私塾を開いて家族とともに糊口をしのいできたのだ。

それが詩人の生き方だと言えるだろうか。

（詩人ではない。凡俗の愚かな生き方に過ぎなかった）

振り返ってみれば、浮かんでくるのは、そんな感慨ばかりだ。しかしそんな日々の中で、圭角だらけだった自分を包み込んでくれたのが松子だった。松子がいなければ、自分は何者でもなかったに違いない。

旭荘たちが歩いていくと、やがて小さな橋に出た。

松子は橋の欄干につかまり、

「旦那様、およろしければお話をお聞かせください」

と言った。

「さて、何の話がよいであろうか」

旭荘が首をかしげると、松子は微笑して、

「大津皇子様の辞世の和歌をお聞かせください」

と言った。

「大津皇子様の辞世か――」

旭荘は驚いた。

大津皇子は天武天皇の第三皇子である。幼いころから文武に優れ、長じては漢詩をたしなむようになった。目鼻立ちがととのい、言語明朗で天智天皇に愛された。長じるに従い、文名が高くなり、

――詩賦の興隆は大津に始まる
とまで言われた。わが国初の漢詩集『懐風藻』に大津皇子の詩が残っている。いわ

ば大津皇子はわが国で初めての詩人であった。しかし天武天皇崩御の後、大津皇子は謀反の企てがあると疑われた。

朱鳥元年（六八六）冬、大津皇子は逮捕された。さらに訳語田の舎で死を賜った。享年二十四。妃の山辺皇女は大津皇子の死を悲しんで髪を乱し、裸足で走って殉死したという。

いつごろ松子に大津皇子の辞世の和歌について話したのだろう、と旭荘は首をひねった。

あるいは誰か客と話していたとき、松子の耳に入ったのだろうか。しかし、大津皇子の和歌が松子にどのような感銘を与えたのかがわからない。

旭荘は訝しく思いつつも夜空に向かって、

「大津皇子の身罷らしめたまう時、磐余の池の堤にて涙を流し作られたる御歌一首――」

と声を高くして言った後、

ももづたふ磐余の池に鳴く鴨を

　　今日のみ見てや雲隠(くもがく)りなむ

と詠じた。毎年、北方から飛来する鴨が鳴いている。鴨は来年もまたやって来るであろう。しかし、私は今日を限りにこの鴨を見ることがなくなるであろう、という感慨の歌である。最後の一句である、

――雲隠りなむ

を口にしたとき、旭荘は胸が苦しくなった。

松子は橋の欄干に身をもたせかけて旭荘を悲しげに見つめている。孝之助は松子に寄り添っていた。

「松子――」

旭荘は呼びかけたが、それ以上に言葉が出なかった。松子は、雲隠りなむ、と訴えたかったのだ。間もなくわたしは死にます、そう言いたいのだ。

旭荘は頭(かぶり)を振った。

そんなことは思いたくなかった。

香霧に雲鬟湿ひ
清輝に玉臂寒からん

夜霧に黒髪はしっとりと濡れ、月光に白い肌は輝く。松子を見詰めれば、杜甫の詩句が頭を駆け巡る。

何れの時か虚幌に倚りて
双び照らされて涙痕乾かん

松子と寄り添い、ふたりが流した涙を月光に乾かす日はこないのか。

厭(いや)だ、それは厭だ。

うつむく旭荘の目から涙がぽたぽたと落ちた。もはや、松子の顔すら見えない。ただ、松子が孝之助にやさしく語りかける、

「父上は泣き虫ですね」

という澄(す)んだ声が聞こえるばかりだった。

二十六

また雨が続いた。

松子はふたたび寝込む日が続いた。

旭荘の兄、久兵衛が訪ねてきたのはそのころだった。日田の掛屋で大名貸しを幅広く手掛けている久兵衛が江戸に出てくるのは珍しいことだった。

雨の中、笠をかぶり、振り分け荷物を肩に合羽を着て、供をふたりつれた久兵衛は玄関に立つと白い歯を見せて笑った。この年、五十四歳になる。日焼けした顔で体はがっしりとしている。

久兵衛は文政六年（一八二三）以降、日田郡小ヶ瀬井路、豊前宇佐郡広瀬井路の開削、三隈川と中城川を浚渫して筑後川への舟運を開くなどの事業を行っていた。

さらに文政八年（一八二五）から天保初年（一八三〇）にかけて、豊前、豊後、筑前、筑後の海岸干拓を指揮し、新田開発に尽力していた。

これらの功により一代苗字を許されている。さらに、天保二年（一八三一）ごろから対馬藩田代領の借財整理にあたり、去年から豊後、府内藩の財政改革をまかされるなど、もはや商人の枠を超えた事業を行っていた。

それだけに兄の淡窓とは違う、人柄の重みがあった。

「ちと商用があって出てきたのだが、せっかく江戸に来たのだから松子殿を見舞っていこうと思ってな」

あたかもついでに寄ったかのような口ぶりだった。

だが、雨中に江戸に入り、真っ先に訪ねてきたのは、松子の見舞いのために出てきたからだろう。

旭荘は久兵衛の気持を察しつつもさりげなく、松子の部屋に通した。松子が寝床で起き上がろうとするのを、久兵衛は、

「そのまま、そのまま。身内じゃないか。寝ていても話はできますぞ」

とやわらかな口調で言った。恐縮しながらも松子が横になると、久兵衛はうなずいて、

「思ったよりも顔色がいいようだ。やはり来てみるものだな。会ってみて、ほっとしましたよ」

と笑顔で言った。しかし旭荘は、

「そうでしょうか。近頃、また痩せたような気がしますが」

とため息をついた。

久兵衛はからりと笑った。

「病人に一番悪いのは、ため息と愚痴だ。旭荘は詩にかけては、淡窓兄上もしのぐが、ひととなりは子供のようだ。松子殿が寝つくと母親を見失った子供のようになるのだね」

旭荘は頭に手をやった。

「どうも、年の取りがいがないようで」

やはり、兄とともにいると、心がくつろぐと思った。久兵衛はそれから、松子に近頃の日田のことや淡窓の近況を語って聞かせた。

松子は嬉しげに聞いていたが、やがて顔に疲れが浮かんだ。久兵衛は目敏くそれに気づいて、

「おお、わたしとしたことが、長話をしてしまった。疲れただろう。もう休んだほうがいいようだ」

と言って旭荘をうながし、松子に親しげな笑みを見せてから部屋を出た。そして旭荘の部屋に落ち着くと、門人が茶を持ってきた。

久兵衛は門人に丁寧に頭を下げて、もらった茶を喫してから、しみじみと言った。

「松子殿は随分と痩せたな」

旭荘は胸を突かれる思いがした。松子が痩せたことはわかっていても、日々をともに過ごしていると、それが当たり前のように見えてくる。

「痩せましたか」

旭荘がつぶやくように言うと、久兵衛はもうひと口、茶を飲んでから、

「痩せられたな、しかたがないことだが」

と言った。旭荘は頭を振った。

「わたしはしかたがないなどとは思えません。松子には何としても生きてもらいたいと願っております」

旭荘は、わたしの性は暴急軽躁だが、妻は寛緩遅重、淡蕩として禅僧のような自在な心がある、と日ごろから久兵衛に言っていた。

「そうか――」

　ぽつりと言った久兵衛は、淡々とした口調で、

「近頃、りょうも具合がよくなくてな」

　と妻の名を口にした。

「姉上がお悪いのですか」

「うむ、寝つくことが多くなってきた」

「それはご心配ですな」

　旭荘は眉をひそめた。

「心配だが、あれこれ思ってもしかたがない。医者に頼るだけのことだ」

　久兵衛は気持が沈むのを振り払うように言った。そして首をかしげて、

「どうも、この年になるとひととの別れが続くようだ。しかたのないことではあるのだが、どうせ別れねばならぬのなら、なぜ出会うのであろうかな」

　と言った。旭荘はじっと久兵衛を見つめた。

「兄上らしくもないことを仰せになる。もし、何もかもがなくなるゆえ無駄であると思われるなら、なぜ新田開発のための干拓に血道をあげてこられたのですか。どのようにひとが努めても、この世のすべてはいずれ無になりましょう。しかし、無になる

とわかっていても、歩みを止めないのがひとなのではありますまいか」

旭荘の言葉を聞いて久兵衛は大きくうなずいた。

「そうだな、無駄になると知っていても歩みを止めぬゆえに、ひとという生き物は尊いのだな」

久兵衛のよく光る目で見つめられて旭荘は苦笑した。

「かようなことは兄上はよくご承知のはず。わたしに松子との永訣がきても嘆かぬように、と諭すためにわざわざ江戸まで出てこられたのですか」

「淡窓兄上の命だからな。淡窓兄上はそなたが、情が濃すぎる故、案じられると思っておられる」

「情が濃すぎると」

旭荘は眉をひそめた。

情が濃いのは、詩人ゆえである。この世のすべてを情によって読み解くのが詩人なのではないかと思っている。

「そうなのだ。淡窓兄上は、詩はときに非情なものだと言われた。わたしには何のことかわからないが、旭荘ならばわかるだろう」

久兵衛は沁みとおるような笑顔で言った。旭荘は何とも答えられずに黙っていた。

それでも胸の裡では、

（非情な詩はわたしの詩ではない）

とつぶやいていた。

中庭に降る雨の音がしだいに強くなっていった。

この日、久兵衛は袱紗に包んだ百両の金子を置いて辞去していった。松子への見舞いの金を届けるために九州から出てきたようだった。

久兵衛が帰った後、旭荘は百両の金子に深々と頭を下げた。


松子は床に横になったまま、ひそかに涙を流した。

久兵衛に会って、ひさしぶりに故郷の匂いを嗅いだ気がしていた。旭荘が日田への手紙を書くたびに、松子の病についても報告しようとするのを頑なに止めてきた。

実家の父母に心配をかけたくなかった。両親にしてみれば日田の学者のもとに嫁がせたつもりが、大坂はまだしも、いつの間にか江戸にまで出てしまった。

そのあげく病になったのだ。

「旭荘さんが江戸で学者として名をあげるのを日田で待つのが女の務めだ」

「九州の女子に江戸の水は合わない」

などと言われたのに、

「旦那様にはわたしがついていなければ」

と父母の反対を押し切ったのだ。しかし、江戸に出てみれば、重い病となっていまでは寝ついてしまった。

何の役にも立っていない。歯噛みする思いだった。

江戸の町に出てみれば、着飾り、化粧も上手な女たちとすれ違う。臆病になりはしないが、居心地の悪さは感じてしまう。

旭荘にしても水野忠邦のもとに仕官できると思っていたあてがはずれてしまった。このままでは故郷に帰れないという思いもあるだろう。

それなのに、妻である自分が先に音を上げてしまったら、申し訳ない。だからしっかりしなければ、という思いでいた。

しかし、そんな風に自分を縛っていたのが、よくなかったのではないかとも思う。

あるとき、旭荘の学者仲間の奥方に誘われて両国から舟に乗っての〈舟遊び〉をしたことがあった。

行くとなれば着るものから考えねばならず、気が進まなかったが、旭荘も江戸で学者仲間とのつきあいを始めたばかりのころだっただけに、これも内助の功なのだろうと思って出かけていった。

両国で乗った船には奥方始め、商家の内儀（ないぎ）や武家の妻女など三人がおり、漆塗（うるしぬ）り重箱の弁当や酒まで用意されていた。

商家の内儀が三味線を弾（ひ）き、小唄などを歌いながら川を下っていくという遊びで、日田でも川遊びはあるものの、昼間から酒は飲まない。初めてのことだけに　松子が目を丸くしていると、酒を飲み、微醺（びくん）をただよわせた奥方が、

「西国は暮らしやすいと聞きます。江戸とくらべてどうでございますか」

と訊いてきた。口調にどこか遠国を侮（あなど）る気配があった。

松子があいまいに答えていると、商家の内儀が、

「さようによいところから旦那様のために江戸に出てこられたのは感心なこと」

と酔っているのか、からむように言った。

松子は眉をひそめた。すると、武家の妻女が、

「江戸の女子なら、旦那が遠くに行くと言えば、親や子の世話をしなければならないから、と言い立てて、決して三百里も旦那の後を追いはしますまい」

と笑みを浮かべて言った。

嘲られているのだ、と察して松子は膝をあらためた。そして背筋をのばして、

「わたくしは旦那様が行くところなら、どのような地の果てでもついて参ります。たとえ命の限りを尽くしても行くつもりです」

と毅然として言った。さすがに奥方たちは鼻白んで、それからさしたる会話もなくなった。

しかし、思い出してみれば、命を賭けてついていくと言った言葉通りになったのかもしれない。

それで、わたしは幸せだったのか。

幸せだったという声が自分の中からするのと同時に、無性に故郷に帰りたいという思いも募った。

（わたしの覚悟は所詮、それぐらいだったのか）

そう思ってさめざめと泣くこともあるのだが、翌日になって、旭荘の顔を見ると、

ほっとした。

何がどうであれ、旭荘がいるところが、自分の居場所なのだ。そこにいるべきなのだ、と思う。

それなのに、病で命を奪われれば、はるかな遠いところへ行かねばならない。そのことを思うと、松子はせつなさに身も心も凍（こお）るような思いがする。

どうして、大切に思っているひとのそばにいるというだけのことが許されないのだろうか。

松子は深夜、家の中が寝静まったころ、ひそかに神仏に祈った。

ここにいさせてください。

それだけでいいのです。

夫と子供のそばにいる。それだけがわたしの望みなのです。

他には何もいりません。

ここにいさせてください。

松子は祈りつつ朝を迎えるのだった。

二十七

　十一月になった。

　このころになると、松子は体が衰えてひとりで風呂に入るのが難しくなった。旭荘は風呂場で寄り添い、松子に腰湯をさせた。

　そんなおり、旭荘は背中を流してやりながら松子の痩せた体を見て泣いた。

（もはや、全快は覚束ない）

　そう思うと、松子を風呂からあげ、寝かしつけた後、自室に戻って泣いた。松子の没後、著した『追思録』には、

　　――胸ヲ撲テ慟哭シ

とある。胸を叩いて激しく泣いたのである。さらに同書では、

――没スルマデ四十余日トシテ泣カサルハナシ

という有様だった。四十数日の間、毎日、泣いたのである。そんな旭荘を見て、松子は、涙目になりながらも笑って、

――女房ノ病気ニ泣ク男子ガアルモノカ

と言った。また、病床の松子と旭荘は日々、昔のことを思い出しては懐かしく語り合った。

ある日、旭荘は客人と話をした。客人が、

「『孟子』に大人は赤子の心を失わず、とあるが昨今はそんな人物はいませんな」

と言うと旭荘も同意して、

「まさにそうですな」

と応じた。すると、客が帰った後、病床の松子は旭荘を呼んだ。何か言いたそうにしている松子に旭荘が顔を近づけた。松子は耳元で囁いた。

「先ほどのお話でわたくしは昔のことを思い出しました」

「何を思い出したのだ」

旭荘は首をかしげた。

「わたくしが嫁に参りましたころ、旦那様は子供のように虫をつかまえては、ひとの襟首(えりくび)から虫を入れてあわてるのを見て楽しんでおられました。大人というものは、あのようなことはせぬものだと思います」

松子は、くすくすと笑った。

「そうであったか」

旭荘も笑った。

昔は他愛もない子供じみたことをしていたのか、と思うとおかしかった。同時にそんなことをしているそばに松子がいたのだ、と思うと、そのことがひどく大切に思えた。

自分にとってかけがえのない時とは、そのような時ではなかったのか。それなのに、いつの間にか掌(てのひら)から砂をこぼすように見失ってしまっている。

（なぜひとはおのれにとって最も大切なものを粗末(そまつ)にあつかってしまうのだろうか）

旭荘はため息をついた。

冬が深まり、日々、木枯らしの音が聞こえるようになった。

旭荘は松子が冷えてはいけないと思い、連日、火鉢に火を熾した。それでも冷え込みは続く。

時に雨戸が風に揺れてがたがたと鳴った。松子には音がうるさいだろう、と思った旭荘は雨戸が動かぬようにつっかい棒をしたり、詰め物を雨戸の下に敷いたりした。しかし、それでも、雨戸はがたがたと鳴る。

旭荘は不意に自分がいましていることが虚しくなった。どれほど、気遣いをしようと松子の苦しみを取り去ることはできないのだ。

そう思うと、旭荘は申し訳ない気持でいっぱいになった。若いころから松子には乱暴な言葉を投げつけ、時にはなぐり、蹴りした暴君だった。

心優しい言葉をかけようと思ったことはなく、自分の意に従わせることだけを考えていた。それなのに、松子がいなくなると思っただけで血の気が引くほどつらかった。

（まだ、松子には何もしてやっていない）

松子にとって旭荘に嫁してからは苦しみばかりだったように思える。

ある夜、旭荘は松子に寄り添って寝つつ、

「松子にとって、一番、幸せであったことは何だ」

と訊いた。

松子は旭荘とともに薄暗い天井をながめて、

「旦那様の詩を聞くことでございました」

と微笑して言った。

旭荘は少し驚いた。松子が旭荘の詩を楽しみにしていたとは知らなかった。

「だが、詩の真名（漢字）を読むのは難しかろう」

「読みはいたしません。聞くのが好きだったのでございます。旦那様は詩ができると書斎で吟じておられました。その声を拭きがけなどしながら聞いていると、とても気持がよくなったのです。旦那様の声は、とてもよく響いて美しいお声だと思いました」

松子は何かを思い出すように言った。

「そうか、ならば、わたしに嫁してもつらいことばかりではなかったのだな」

「いまとなってみれば、すべて楽しい思い出ばかり。決して失いたくないものたちでございます」

松子はふと、旭荘に言った。

「旦那様、詩を聞かせてくださいまし」

「詩といっても、どのような詩だ」

「あの桃の花がいっぱいに咲いているあたりに君の家がある。夕暮れ時に門を敲(たた)いて訪ねてくるのは誰だろうという詩でございます」

「わかった。松子のために吟じよう」

旭荘は低いがよく通る声で詩を口にした。

菘圃(しゅうほ)葱畦(そうけい)

路(みち)を取ること斜(ななめ)に

桃花(とうか)多き処(ところ)是れ君が家

晩来何者ぞ門を敲(たた)き至るは

雨と詩人と落花となり

旭荘の詩、七言絶句「春雨到筆庵」だった。

（この詩を作ったのはいつであったか）

旭荘は思い出そうとした。

桃が咲く家とは、と考えたとき、旭荘は脳裏に桃の花と家の光景がよみがえった。

あの日、旭荘は淡窓にともなわれて、筑後の松子の実家を訪ねたのだ。

途中、小雨が降り出したが、春の暖かさの中ではさほど気にならなかった。

すでに夕刻になっていた。

桃の花が夕闇に浮かび上がっていた。

「訪(おとな)いを告げよ」

淡窓に言われて、旭荘は門を叩いた。旭荘の訪いを告げる声に応じて、門を開けたのは、まだ娘の松子だった。

旭荘は夕闇の中で出会った松子を桃の精のようだと思った。旭荘を見てびっくりしたような顔をした松子は、

「風の音かと思いました」

と明るく言った。

「いや、戸を叩いたのはわたしです。それとも――」

旭荘は足もとに落ちた桃の花に目を遣った。松子は桃の花をそっとひろい上げて微笑んだ。

「あの時、わたしたちは出会ったのだ」

旭荘は松子に言葉をかけた。しかし、返事がなかった。旭荘はそっと手をのばして松子の手を握った。しかし、松子は握り返してはこない。

――松子

旭荘は慟哭した。

弘化元年（一八四四）十二月十日、松子は逝った。享年二十九。

松子の没後、旭荘は北陸、中国筋を遊歴する旅に出た。

文久元年（一八六一）日田に帰り雪来館を開いた。その後、再び摂津池田に移ったが翌文久三年（一八六三）八月十七日、同地で没した。五十七歳だった。

松子の想い出を書いた『追思録』を旭荘は晩年にいたるまで手元に置き続けた。

旭荘の詩を斉藤松堂は、

――構想は泉が湧き、潮が打ち上げる様、字句は、球が坂をころげ、馬が駆け降りる様。雲が踊り、風が木の葉を舞い上げる様だ

と評した。また、清代末期の儒者、兪曲園は、

――東国詩人の冠

としている。

旭荘は松子のことを思い続けた詩人であったかもしれない。

解説

内藤麻里子（文芸ジャーナリスト）

葉室麟はロマンチシストである。それも漢字で書く「浪漫主義者」の趣がある。いわずと知れた歴史・時代小説の人気作家。二〇一二年に直木賞を受賞した『蜩ノ記』からもよくわかるが、武士の「矜持」「志」「仁」を描き間然するところがない。本書のように「恋愛」をモチーフにした作品群も数多い。

『広辞林』（三省堂）によると、「ロマンチシズム」とは「伝統にとらわれず、自由奔放な内面感情の優越性を主張し、無限なものへのあこがれを表現しようとする」とある。葉室さんはまさにそんな創作姿勢を見せてくれていた。

一度、なぜ、その道を取るのかと尋ねたことがある。作家が還暦を迎える年だった。すると、こんな答えが返ってきた。

「若いころは夢を見たい。でも六十代になると、夢なんかないぞと知ったうえであえて夢を書くんです。ないと知っているからこそ、書けるものはある。その場合は、純粋な形で出せる。恋愛の美しさなら美しさという形で純粋にね」

当時は「そんなものかなあ」と思った程度だったが、今ならこの言葉が身に染(し)みる。確かに「そんなもの」なのである。キーワードは「純化」だ。ネットでは悪意があふれ、非正規雇用に対する搾取が横行し、政治への不信感がぬぐえない。実社会では失望するばかりの現代で、「矜持」「志」「恋愛」が昇華したものを味わわせてくれるのが小説の功徳(くどく)の一つだろう。きれいなものに触れると、こちらも襟(えり)を正し背筋が伸びる。明日への活力が湧いてくる。

そうやって作品を生み出す作家は、周囲の人々のつらさ、苦しみ、疲れを察知し、笑い飛ばし、包み込み、救いの手を差し伸べる人であった。酸(す)いも甘いもかみ分けた人だけができることだ。私もそうして助けられた一人だ。

当時毎日新聞の記者だった私は、ある作家が病気で倒れ、進行中の連載小説を中断せざるを得なくなった。しばらくは連載小説の不在もやむなしと思っていたところ、社の幹部からすぐに新しい連載を用意するよう指示が出たという電話を受けた。折しも葉室さんの新刊インタビューを終え、一緒に食事をしているときだった。文字通り頭を抱えた。目の前で困っている人間がいて、葉室さんは放っておける人ではない。「何が起きたの」と聞かれ、窮状を説明するとしばらく腕を組んで俯かれたのち、連載を申し出てくれたのだ。すでにご自身がほかの連載で手いっぱいの中でのことだった。驚愕した。そしてこう言い添えられた。「他にあてがあれば、もちろんそちらにしていいんだよ」。あくまでも上から目線にはならない。もちろんあてなどあろうはずがない。申し訳ないと思いつつ、差し伸べられた手にすがった。それは『津軽双花』という作品になった(単行本は一六年刊)。

それなのに葉室さんは含羞の人で、決して助けたことをひけらかさない。こちらが感謝すればするほどちょっと怒ったような、戸惑ったような表情を浮かべて笑いに紛らせるのを常とした。愛すべき硬骨漢であった。

葉室さんは社会人生活を地方紙の記者としてスタートさせた。その新聞が休刊となり、多くの苦労をなさった話をぽつりぽつりと語ってくれたことがある。作家デビューは〇五年、歴史文学賞を受賞した『乾山晩秋』で、五十歳を過ぎていた。実は苦労というものは、なかなか身につかない。苦労人がケチだったり、意地が悪かったりすることはよくある話だ。葉室さんは苦労の末、文学的に選んだのは「純化」の道だったといえよう。苦労人としては稀有な結実だと思う。人間や社会への絶望を超えてなお人間が好きだったのだ。ロマンチシストというゆえんである。作家の道に至るべくして至ったことを祝福すると同時に、読者としてはそうした作品を読ませてもらったことに感謝するばかりだ。

そんな葉室さんを慕う人は多かった。酒の席も大好きで、酔うと気の置けない友人、知人に電話をかけた。かけられる方はそれもまた葉室さんと付き合う楽しみの一つであった。

そして本書『雨と詩人と落花と』は、葉室さんの「純化」が二つの側面で最も昇華された作品のように思う。一つは恋愛で、もう一つは漢詩というか文学だ。この二つが不可分になって物語を構成している。

まずは恋愛の側面から。先にも触れたように、葉室作品には恋愛をモチーフにしたものが多い。これまた先に紹介した「純化」についての話を聞いたのは、与謝蕪村を取り巻く人々のさまざまな恋愛模様を描いた『恋しぐれ』（一一年）のときだった。『いのちなりけり』（〇八年）では、祝言を上げた直後に藩の政争に巻き込まれ、離れ離れになりながらも一途な愛を貫く夫婦の姿を追った。映画化された『散り椿』（一二年）や、私を救ってくれた『津軽双花』などでも夫婦の情愛を多彩な切り口で見せてくれた。

本書は豊後日田出身の儒者であり漢詩人の広瀬旭荘を描く歴史小説にして、夫婦の情愛に正面から取り組んでいる。切り口云々ではなく、愚直なまでに真正面からだ。

旭荘は「暴急軽躁」、つまりは暴力をふるい最初の妻に逃げられている。新たな妻松子も打擲（ちょうちゃく）してしまう。今でいえばＤＶ（家庭内暴力）で訴えられてもおかしくない。婚礼の夜に「みだりに妻を責めない」という誓約書を渡すほど自身の欠点を知っているのに、詩人として世に出たいという鬱屈が暴力となって噴出する。政（まつりごと）にかかわれるかもしれないという希望も、頼みの水野忠邦の失脚によって潰（つい）えてしまう。才はあっても、大塩平八郎の乱など幕末への不穏さが漂い始めた時代にめぐり合わせた不運。高野長英を助ける策謀を潔しとしない潔癖さ。この不器用な夫に松子はやさしさ、機転、忍耐、そして愛情をもって尽くすのである。

夫婦の機微（きび）を文字にするのはかなり難しいと思うが、本書で葉室さんは文章と行間を使って表現しようと試みている。で、そのとき使うのが漢詩なのだ。

葉室作品には漢詩だけでなく、和歌、俳句はもとより武士としての心得を記した

『葉隠』などの書、絵画もよく登場する。「日本史の中心には文化がある」と話し、政治思想や経済思想ではなく漢詩や俳句、絵を通して歴史の流れや思いをつづることが葉室流だ。「文化を理解していないと、日本史の理解は行き届かない」し、「文化の話をすると寄り添いやすい」ためだ。これは〝葉室史観〟といっていい。

今回は随所で漢詩を使い、旭荘の思いを託している。これだけの数を使いこなし、心に迫る効果を上げる蓄積にはどれほどのものがあったろう。松子が病みついてからの描写は濃やかだ。

菘圃葱畦路を取ること斜に
桃花多き処是れ君が家
晩来何者ぞ門を敲き至るは
雨と詩人と落花となり

タイトルにもとられたこの詩が最後に出てきたとき、胸を突かれた。最初に反古に書かれているのを松子が見つけた場面で抱いた印象では、センチメンタルにも思えた詩境が俄然痛切なものを帯びる。

これは葉室さん自身の、松子に象徴される「妻」への絶唱ではないか。それに思い至って、泣きそうになった。作家自身の実感があると思ったからだ。

葉室さんは一七年十二月二十三日、この世を去った。旺盛に執筆しているさなか、六十六歳での突然の訃報だった。お体を悪くされている様子は感じていた。確かに感じてはいたが、ご本人の「大丈夫、大丈夫」という言葉を、単純にも、馬鹿正直にも信じていた己が腹立たしい。葉室さんは大丈夫と安心したいがために、その言葉を無条件に信じ込もうとしたのかもしれない。病床でも最後までゲラに手を入れていたとうかがった。

本書の単行本が刊行されたのが翌一八年三月。亡くなった後である。奥付の日付でいえば、八冊が没後に刊行された（一九年十一月現在）。未完の作品二作も含んでいるが、これほどの量の作品が刊行を待つばかりだったのだ。悲報の直後、十七年十二月二十六日に刊行された『天翔ける』は、見本として先に出来上がった本がかろうじて病床に届けられたという。十九年十一月に刊行された『星と龍』（未完）によって、遺作の刊行はひとまずの区切りがついた。

　夫婦の情愛を軸にした『雨と詩人と落花と』や『青嵐の坂』を書く一方で、十七年十一月には満を持して『大獄　西郷青嵐賦』が刊行された。若き日の西郷隆盛を描き、帯には「西郷伝第一弾」とある。続編が構想されていたのだ。『天翔ける』で幕末四賢侯の一人、松平春嶽を取り上げた。未完となった『暁天の星』では初めて近代に取り組み、陸奥宗光に挑んでいた。明治維新の総括に乗り出していたのだ。「デマゴーグ（扇動政治家）と暴言がはびこっている現代社会の根本を問い直したい。そのためには明治維新から見なければならない」と、よく口にされていた。地ならしは終わり、そこに着手されたばかりというタイミングだった。

　恋愛も、文化も、日本という国の読み直しも、その筆はどんな高みにまで行きついただろう。歴史・時代小説をもっとリードしていくはずの存在だった。そんな詮無いことをつい考えてしまう。それほど、葉室麟という作家の喪失感は大きい。

二〇一九年十二月

挿画／井筒啓之

この作品は2018年3月徳間書店より刊行されました。

徳間文庫

雨と詩人と落花と

2020年1月15日 初刷

著者 葉室麟
発行者 平野健一
発行所 東京都品川区上大崎三―一―一
目黒セントラルスクエア 〒141―8202
株式会社徳間書店
電話 編集〇三(五四〇三)四三四九
販売〇四九(二九三)五五二一
振替 〇〇一四〇―〇―四四三九二
印刷 製本 大日本印刷株式会社

ISBN978-4-19-894529-9 (乱丁、落丁本はお取りかえいたします)